# 国外追放された王女は、
# 敵国の氷の王に溺愛される

坂合 奏

富士見L文庫

*Contents*

# 第一章　全てから裏切られた王女

ガタガタと大きな音をたてて、列車が揺れている。

祖国ドルマン王国を出発し、北に隣接しているロニーノ王国との国境を越えた真夜中に、しとしとと降り続けていた雨が雪へと変わった。

一等車にもかかわらず、客車の中は凍えるほどに寒い。

なるべく窓のそばへ近寄らないように、向かい合って置かれている四人掛けの座席の端に座って、ぎゅっと握りしめた手を自分の吐息で温める。白い吐息は、胸の下あたりまで伸びた黄金の髪の毛のまわりをふわりと漂い空気の中へ消えていった。

客車のドアが開き、侍女のサーシャが「ジョジュ様。こちらご所望のものです」と毛布を持ってきた。王宮で使う機会がなかったような、擦り切れて薄汚れた毛布は、どこで見つけてきたのだろうか。

しかし、私は文句を言える立場ではなかった。このような毛布でも、あるだけ幾分かましだったからである。

「ありがとう。このような寒さの中で、生活している人がいるなんて信じられないわね」

私の言葉に、サーシャから反応は戻ってこなかった。必要最低限の会話しかしたくないのだろう。つい数か月前まで「ジョジュ様の下で、働けて幸せです」と笑顔を浮かべていた彼女は、こちらを振り返りもせず客車から出て行った。

＊＊＊

七つの国に分かれた大陸の中で、屈指の力を誇ってきたドルマン王国。

北のドルマンと南のアダブランカと言われるほど、歴史的にも誇り高い国の第一王女として、私は生まれた。

ドルマン王国では、国王に限り一夫多妻制を取り入れている。そして、男女問わず、生まれた順に王位継承権を付与していた。

当代のオイゲン王は、二人の女性を妻に迎えていた。

一人目は、国内有数の貴族ロルジャン家の出身で、私の母であるゾーイ妃。

二人目は、同様に有数貴族であるコルベルト家出身のスザンヌ妃である。

両家はあらゆる手段を使い、王家に嫁いだ娘が、次代の権力者を産めるよう尽力した。

結果として、王の寵愛《ちょうあい》をつかんだのは、コルベルト家のスザンヌ妃であった。

しかし、皮肉なことに、王位継承権第一位が与えられる赤ん坊を先に産んだのは、ロルジャン家のゾーイ妃であった。

スザンヌ妃が、ようやく男児と女児の双子を出産しアルジャンとリリーと名付けたのは、それから一年後であった。

だが、妃《きさき》が王の寵愛を受けている事実において、周囲の人間たちはコルベルト家の方が有力であると判断した。そのため、継承権第一位であるにもかかわらず、私はあまりよい待遇を受けられなかった。

やってくる家庭教師たちは「アルジャン様より前に出ようとしてはなりません」とか「淑女たるもの、男性を差し置いて政務に関心を持つなんて言語道断です」とか、とにかくコルベルト家に目をつけられないような授業ばかり行うのである。

後継者として私やアルジャンたちが、父と大臣たちの会議に参加することもあった。そこでも私の発言は、常に黙殺された。

それどころか、私とアルジャンが同じ内容の発言をしても、彼だけが称賛される有様《ありさま》であった。

いくら優遇されなくても、私は国を愛していた。

歴史あるドルマン王国という大国を統治している父を敬愛し、半分だけ血のつながった弟妹《きょうだい》を大切にしようとした。

この国にとって必要であれば、なんでもする覚悟を持っていた。私が継承権第一位である限り、母の生家であるロルジャン家の面目が立ち、母を助けられるからだ。

女王として即位した時に、少しでも役に立つだろうと思えばすぐに行動した。レース編みの調べ物と称して王宮の図書室へ通い、禁止されていた政治の本を持ってきては、鏡面台の後ろに隠していた。

しかし、その生活も今となっては無駄に終わった。

＊＊＊

よく晴れた日の午後、図書室へ本を返しに行った帰りのことだった。

妹のリリーが、図書室の近くにある中庭で私を待ち構えていた。

「私たち、お姉様のおっしゃる通り、少し歩み寄る必要があるかもしれません。今度、ドルマン王国の繁栄を祈るために、お茶会を共同で開催しませんか？」

リリーの可愛《かわい》らしいフリルのついたピンクのドレスの裾が、風に吹かれてふわりと揺れた。

今までどれだけ歩み寄ろうとしても分かり合えなかった妹の提案に、私は嬉《うれ》しくなってあっさり応じた。

「お姉様はお忙しいと思いますから、準備は私たちにお任せください」

私はリリーの言葉を信じて、大切なお茶会の準備を彼女に任せたのだった。

お茶会当日、完璧に準備された会場には、城中の権力者たちが席に座っていた。

いつになく、にこやかに話しかけてくるアルジャンとリリー。私は彼らにすっかり気を許していた。

「お姉様。お母様に、お茶を注いでくださいませんか？　私たちの友好的な関係を皆様にお披露目いたしましょう」

それが、彼らの策略だと気が付かないまま、私は淹《い》れたての紅茶を義母のカップに注いだ。

「ジョジュ王女にお茶を淹れてもらう日がくるとは」

私に対して微笑《ほほえ》みかけたスザンヌ妃が紅茶を飲む瞬間を、会場にいる誰もが見つめていた。長年争い続けていた、ロルジャン家とコルベルト家の関係回復の瞬間を見逃すまいとしていたのだ。

しかし、お茶を一口飲んだスザンヌ妃は突然苦しみ悶《もだ》え始めた。

騒然としている会場の中、私は何が起こったのか分からなかった。

苦しむスザンヌ妃を助けなくてはと近寄ろうとした時、アルジャンに行く手を阻まれた。

「これ以上、母に近寄るな！　人殺しめ！　そんなに継承権を独占したいのか？」

彼の言葉で、私の淹れた紅茶に毒が入っていたのだと気が付いた。全くの濡《ぬ》れ衣《ぎぬ》であったが、私の声は、スザンヌ妃を心配する人々の声にかき消されてしまった。

「ジョジュ王女が、スザンヌ妃を殺害しようとした」

事件は瞬く間に王宮の中に広がった。気が付いた時には、お茶会に似つかわしくない莫《ばく》大《だい》な開催費用を横領していたと余罪までついていた。

＊＊＊

「ジョジュ・ヒッテーヌ。愚かな我が娘よ。お前の王位継承権を剥奪する。そして、ロニーノ王国のエミリオン王との結婚が決まった。国境を越えたあかつきには、ここへ戻ることを禁じる」

追放処分を受けたのは、幼い頃から遊んでいたお気に入りの大広間だった。

言い渡された内容を聞いた途端、私は膝から頽《くずお》れた。

虹色に輝くガラスのシャンデリアを見上げる気力は残っていない。歴代の王族が愛した植物を彫刻した柱の陰からは、処罰を受ける私を一目見ようと、たくさんの貴族が集まっていた。

「しきたりに従って、王位継承権第一位をアルジャン・ヒッテーヌに与える」

父、いや国王陛下はそれだけ宣言すると、お気に入りの臣下たちを連れて広間を出て行ってしまった。

おそらく、会話する最後の機会だったのだろうと、遠く離れる父の後ろ姿を見つめていた。

「せっかく継承権第一位を持っていたのに、自ら転がり落ちるとは、みじめなものだな」

私から継承権を奪い取ってご満悦のアルジャンが、冷ややかな視線を向けてきた。

「ロニーノ王国？　あんな辺境の地に嫁ぐなんて、私ならあまりの屈辱に死んでしまうわ」

リリーが、大げさに声をあげると、周りにいた取り巻きたちが楽しそうに笑った。

「私をはめたのね」

言っても無駄だと分かっていても、口に出さずにはいられなかった。彼らは、私と友好関係を結ぶ気などあるはずがなかったのだ。

「罪人が次期国王に生意気な口をきくな。衛兵、連れて行け」

アルジャンの指示に、衛兵たちは私を乱暴に広間から連れ出した。

広間の扉が閉まった後も、弟妹たちの楽しそうな笑い声が耳にこびりついていた。

＊＊＊

ロルジャン家も、父同様私を守ってはくれなかった。

この事件は、あくまで王室内の問題であり、ロルジャン家は無関係だと主張していたらしい。

王宮の中でも多大な影響力を持っているロルジャン家が引いたので、コルベルト家が一強となり、私の疑いは罪へと変わった。

母は、体調を崩したため、ロルジャン家が早々に引き取ったと使用人伝えに聞いた。

家族のために、国のために、頑張ってきた努力はすべて水の泡となって消えた。

私はロニーノ王国へ出発するまでの間、逃げ出さないように、ほとんど光の入らない城の地下室で過ごさなければならなかった。

義母のスザンヌ妃は、一命をとりとめたらしい。

知らせを持ってきた役人が「不幸中の幸いでしたな」と皮肉めいた口調で私に言った。

お茶を飲んで倒れたのは、私の冤罪《えんざい》を仕立て上げるための演技だったのかもしれない。

義母が、生きている。その事実だけで、母を含むロルジャン家の扱いは、今よりましになるだろう。

出発する日の朝、付き添いを任命され嫌々従うサーシャと護衛一人を除いて、女王になるはずだった私を見送るものは誰一人としていなかった。

＊＊＊

一年のほとんどが雪で覆われ、北の辺境の地と呼ばれるロニーノ王国の王である、エミリオン・レックス。

自分の利益のためなら、神の代弁者である聖職者ですらも排除する、信仰心の欠片《かけら》もない氷の心を持っている男。

数年前、鉱山へ視察に行った国王と王妃が、不慮の事故で亡くなった。そのため、彼は若くして王位を継承する流れになったのである。

即位する前までは軍の司令官として、辺境地区の治安を守っていた。彼のおかげで、賊から命を守られた集落も多いと聞く。

反対に、賊など犯罪に手を染める集団からは、容赦がないと恐れられていたらしい。

ロニーノ王国は、元々産業に乏しい小国だった。

しかし、エミリオンが国王になってから、大規模な採鉱が行われるようになり、今では鉄鋼産業において大国と渡り合えるほどの力をつけてきている。加えて、近頃は鉄道の路線拡大にも乗り出しているらしい。そのため、近隣諸国の持て余している土地を、買い漁《あさ》っているという噂《うわさ》だ。

汚名を着せられているとはいえ、腐ってもドルマン王国の王女との結婚は、国力を上げたいロニーノ王国からすればおいしい話だ。

ロニーノ王国は、この結婚の見返りとして、自国の資源を安く提供すると申し出たらしい。ドルマン王国からしても、継承権を失った邪魔な王女を厄介払いできるどころか、自国では採れない貴重な鉱物や資源を、ロニーノ王国から安い値段で買えるのは、大きな利点であるだろう。

＊＊＊

明け方、列車はけたたましい汽笛を鳴らして、ロニーノ王国の首都プルペにある、イントゥルト駅に到着した。

「ジョジュ様。そろそろ降車の準備をなさってください」

サーシャが、客車の扉を開けて私を呼びにやって来た。私は、立ち上がり、迷った末に薄汚れた毛布を持っていこうと決めた。このような物でも、ないと寒くて凍えてしまいそうだからだ。

列車の外に出ると、中にいた方がまだましだったと思えるほど、身を切りつけるような冷たい風が吹きつけていた。連なった大きな山から平野に向けて冷たい風が吹くドルマン王国の冬も厳しかったが、ロニーノ王国の寒さと比べたらかわいいものだろう。

列車を降りた後、ロニーノ王国からの迎えをサーシャたちと待つ予定だ。あまりの寒さに「あなたたちは大丈夫？」と声をかけようと振り返ったが、ベンチに私の荷物が置いてあるだけで、彼らの姿は見つからなかった。

「まもなく出発します」

乗り降りの時間は、少ないようだった。一車両ずつ扉を閉めている駅員の言葉を聞いて、私は彼女たちの姿を捜した。大量の荷物を置き去りにしたまま、列車の中へと戻る。

彼らが使っていた客車の扉の前まで来た時だった。

「こんな寒いところまで、なんで私たちがあの人殺しを送らなくちゃいけないわけ？　あー、寒い！　使者が来るまで外で待つなんて冗談じゃないわ」

聞いたことがないようなきつい声色だった。私を指しているのであろう「人殺し」という言葉を耳にした瞬間、身体《からだ》が動かなくなった。

「王女を外で立たせておいてよかったのか？」

「大丈夫よ。楽しそうにキョロキョロ辺りを見回していたわ。何が王位継承権第一位よ。女王になると思って媚《こび》を売っていたのに、とんだ外れくじもいいところよ！」

「そう言ってやるなよ。これから、冷酷な国王陛下の花嫁になるお方だ。まあ、ロニーノ王国だけどな」

「リリー様もおっしゃっていたけれど、こんな辺境の地に嫁ぐなんて、私でも屈辱だわ。とってもかわいそう」

「まったくかわいそうって顔してないぞ。怖い女だな」

護衛の男がケラケラと声をあげて笑ったところで、私は彼らに見つからないように、その場を去った。

サーシャも、護衛の男も、私が彼らの会話を聞いていたなんて夢にも思っていないだろう。そして、会話に夢中になっている彼らは、列車が出発しそうであると気が付いていないようだ。

「扉を閉めますが、よろしいですか？」

出入り口付近で立ち尽くしている私に、列車を発車させるために扉を閉めて回っていた駅員が声をかけてきた。

「ええ。もう閉めてしまって大丈夫よ」

彼らの顔を二度と見たくないと思った私は、首を縦に振って答えた。彼らだって、これ以上私と一緒にいたくはないはずだ。

駅員は、扉を閉めて、他の車両へと移っていく。

この列車は、ロニーノ王国からドルマン王国へと、折り返し運転をする予定だ。けたたましく噴き出る蒸気、大きな車輪が、ガタンゴトンと音をたてながら線路の上を走り去るのを、私は黙って見つめていた。

もう二度と足を踏み入れることはない祖国へ向かった汽車が見えなくなってから、どのくらいそうしていただろうか。ブーツの中の足先に、感覚がなくなってきて我に返った。そして、ベンチのそばに置いてあったはずの荷物がなくなっていると気が付いた。

跡形もなく消えていた荷物を捜してウロウロしていると、私の動きを不審に思ったらしい年配の駅員が、怪訝《けげん》そうな表情を浮かべながらこちらへやってきた。

「どうしたんだ？　そんなところでウロウロして」

慣れないロニーノ王国の言語であるロニガル語の中でも、ひどく訛《なま》りが強い。

荷物が盗まれてしまったと分かったのは、状況説明を彼にした後だった。

「そんなところに置いておいたら、盗まれるに決まっているだろうが。どこの世間知らずの貴族の娘なんだ、あんたは」

駅員は、呆《あき》れたような表情でボロボロの毛布を羽織っている私をまじまじと見つめた。

盗まれた荷物の中には、家族の肖像画が入っていたのだ。失望され、縁が切れてしまったとしても、私の孤独を慰める唯一の繋《つな》がりであった。

会話を切り上げたい駅員は「さっさと出て行ってくれ。これからドルマン王国の王女がここへ到着するんだから」と私を構内から追い出そうとした。

動きが鈍い私に、駅員がしびれを切らした時だった。

「ジョジュ・ヒッテーヌ王女ではありませんか？　お迎えが遅くなりまして大変申し訳ありません」

ドルマン王国の言語であるドルチェニア語が聞こえて、私は振り返る。

そこには、燃えるような赤毛に上等な毛皮の帽子と襟巻を身にまとい、モスグリーンのロングコートを羽織った長身の男が、立っていた。

「ゴルヴァン・カンバーチと申します。ロニーノ王国直轄部隊、隊長を務めております。以後お見知りおきを」

どうして私だとすぐに分かったのだろうと不思議に思った。

だが、結婚が決まった段階で事前に王家には肖像画が送られたのだろうと気が付いた。

王家の人間とその身辺の者は、私の顔を知っていてもおかしくない。

「はじめまして。ドルマン王国第一王女のジョジュ・ヒッテーヌと申します。ロニガル語は話せますから、こちらの言語でも問題ありません」

私は、自分のポケットに唯一入っていたドルマン王国の身分証明書をゴルヴァンに見せた。そして、付き添いの使用人たちは祖国へ戻り、荷物が盗まれてしまったと、ロニガル語で伝えた。

「ほら、早く！」

「は？　え？　このボロをまとった女が、ドルマン王国の王女？」

先ほどまで私を追い出そうとしていた駅員は、頭が混乱しているようだった。私の格好を上から下まで舐《な》めつくすように確認している。

ゴルヴァンが手をあげると、彼の後ろに控えていた男たちが、駅員の両腕をつかんで私から距離を置かせた。

ここ数か月の中で、最も王女らしい扱いを受けた瞬間である。

「さあ、まいりましょう。城で陛下がお待ちです。荷物は兵士たちに捜させます。この雪ですから、犯人もそう遠くへは逃げていないでしょう」

私の荷物を捜している兵士たちを駅に残して、ゴルヴァンは豪華とは言い難い、素朴な馬車に私を案内した。

「陛下は倹約家なのです。中の造りはしっかりしていますから」

言葉の通り、中はそれほどひどくはなかった。

むしろ、外装ばかり凝っているドルマン王国の馬車よりも、乗り心地はこちらの方がよいくらいだ。

イントゥルト駅を出発して、景色が動き始める。

ロニーノ王国は、私が想像していたよりも、ずっとくたびれた国だった。

駅周辺には、いつからあるのだろうと思われるような木製の柵が一部朽ちており、その周りで迎えを待っている人間たちの服装は、私が列車の中でサーシャに渡された毛布と同じように古びてボロボロに見えた。

もしかしたら、これからの生活はドルマン王国で過ごしていた時よりも、ずっと不便になるかもしれない。

羽織っていたボロ布は、ゴルヴァンに回収され、代わりに真新しい毛皮のコートを渡された。

また、座席には布で巻かれた温石が用意されており、腰回りや足元に置くと、じんわり温かい。冷え切った足先が、次第に熱を取り戻していくのが分かった。

「温石が、熱すぎるなど問題はありませんか？」

「ええ、大丈夫よ。ありがとう」

自然と笑みが浮かんでいた。

「よかったです。何かありましたら、お申し付けください」

私が初めて微笑《ほほえ》んだので、ゴルヴァンも安心したらしく、胸を撫《な》でおろしているようだった。

しばらく沈黙が馬車の中を包んだ。

私は、ゴルヴァンに冷酷だと噂のエミリオン王について尋ねたかった。

しかし、下手なことを言ってしまったら、裏で何を報告されてしまうか分からない。私は、自分の身体を温めることに集中した。

「ジョジュ王女。ご覧ください。あちらが、プルペの中心都市になります」

馬車がしばらく走った後、ゴルヴァンが曇った窓ガラスを布で拭いて、外の景色を見せてくれた。

プルペの中心都市は、イントゥルト駅周辺とは異なっているように見えた。

赤、青、黄色をはじめとする様々なペンキが塗られている木材を使った家が、白い巨大な城をぐるりと囲むように建てられている。カラフルな街に雪が積もり、まるで子供が描いた落書きのような色合いだ。街の奥には、森が広がり、さらに奥には山が連なっている。

「かわいいです」

「王女に、ロニーノ王国を気に入っていただけましたら、我々も嬉《うれ》しいです」

ゴルヴァンの言葉に、私は微笑んで頷《うなず》いた。

＊＊＊

馬車が城の前まで到着すると、一気に慌ただしくなった。

「ようこそ。ニックス城へ」

馬車を降りると、ゴルヴァンに御礼の言葉を述べる暇もないまま、ニックス城の中から出てきた使用人たちに案内を受けた。

近くで見てみると、白く見えた城は銅褐色の石垣の外壁に、雪が張り付いているだけらしい。

城の中に入ると、想像していたよりも暖炉の数が少なかった。廊下には何も設置されておらず、外と同じような気温だ。そのため、ゴルヴァンから渡された毛皮のコートを手放せず、着たままでいるのを了承してもらった。

ワインレッドの絨毯《じゅうたん》の上を歩きながら、次々と紹介される人に挨拶をして回る。名前と顔が一致しないまま、国王陛下であるエミリオンが待っている謁見の間に到着してしまった。

国王陛下に謁見する際に、上着を着たままでいるわけにもいかない。私は暖かい毛皮のコートを手放さなければならなかった。

大きな木製の扉には、たくさんの動物の彫刻が施されている。心の準備ができないまま扉が開けられて、中へと通される。

静まり返った部屋の中では、大きな暖炉の中で火がパチパチと燃える音だけが響き渡っていた。思ったよりも室内が暖かかったので、私は安心した。

幾人もの人間が、私を品定めするような視線を向けている。

私が歩いている絨毯の切れた先にある玉座に、エミリオンと思われる人物が腰かけていた。

不機嫌そうな表情を浮かべているエミリオンは、私が到着するのを楽しみにしていたように見えなかった。

銀色の髪の毛に、真っ赤なルビーのような瞳。

軍にいた王子時代の功績だろうか。黒い軍服には、いくつもの勲章がぶら下がっている。

「お初にお目にかかります。ドルマン王国第一王女であります、ジョジュ・ヒッテーヌと申します。この度は、陛下とのご縁がありましたことを、心より喜び申し上げます。不束《ふつつか》者ではございますが……」

「御託はいい」

私の精一杯の挨拶は、エミリオンの素っ気ない言葉によって終わりを迎えた。

あまりに冷たい声で打ち切られてしまったので、恐怖から身体《からだ》がすくんだ。

彼は私を怪訝な表情で見つめた後「フローラ」とそばに控えていた女性に声をかけた。

焦げ茶色の長い髪の毛を一つのお団子にまとめ、丸眼鏡をかけた細身の中年女性が、私に向かって頭を下げた。

「この者の身なりを整え直し、夕食の席に案内しろ」

それだけ言うと、エミリオンは玉座から立ち上がって、部屋から出て行ってしまった。

見物人たちの中に残されてしまった私は、頬が紅潮するのが分かった。

どうやら、王に謁見するような身だしなみをしていないと判断されたらしい。

確かに、この数か月は王女としての扱いを受けてこなかったが、わざわざ人前で辱める必要があるのだろうか。

自分の髪の毛を触ってみると、雪が解けて濡《ぬ》れていた。

優しく受け入れられるはずがないと、分かっていたはずだ。この国を支配する冷酷な王は、私を丁重に扱うつもりなど微塵《みじん》もなく、妻として大事にされるなど、期待してはいけないのだ。

＊＊＊

風呂場へと案内された私は、侍女のフローラによって隅々まで洗い流された。熱々のお湯が、冷えた私の身体を温め直していく。

「身体が温まる頃に、お迎えにあがります」

フローラは気を使ってか、余計な話を一切せずに、私を一人にしてくれた。

事件が起こってから、寝ている時さえ見張りがいたので、私は数か月ぶりに一人で落ち着くことができた。

湯の中で、冷えた身体が温まるのと同時に、緊張の糸が切れて、せき止められていた涙が溢《あふ》れ出してしまった。

ポタポタと湯気に紛れて、涙の雫《しずく》が落ちていく。

湯船の中で動けなくなっていると「温まりましたか?」とフローラが風呂場へ戻って来た。まるで見計らっていたかのようだ。

「ええ。ありがとうございます」

私はお湯を顔にかけて、溢れていた涙をフローラに見られないようにした。

「エミリオン坊ちゃ……陛下は、怖そうに見えますけれど、本当は家族想《おも》いのお優しい方なのですよ。きっと服装が寒そうで、見ていられなかったのでしょう」

まるで私の心を読んでいたかのように、フローラは優しく微笑んで、私にバスタオルを手渡した。受け取ったバスタオルをぎゅっと握りしめて「そうなのですね……」と答えた。

しかし、先ほどのエミリオンの態度を思い出すと、彼が優しいなど信じられなかった。

「今夜の晩餐《ばんさん》会は、ロニーノ王国の郷土料理を中心とするそうですよ。この国でのお食事が、王女様のお口に合うと嬉しいです」

フローラは、私の返事を気にしていないように振舞った。他愛ない話を続けながら、私の身の回りの準備を始める。

どうやらフローラは、貴族の中でもあまり爵位が高くないらしい。爵位が高くないのにもかかわらず、王女の世話役に選ばれるフローラは、エミリオンから優秀だと認められているのだろうか。

もしくは、私に対して、お前は重要ではないといった態度の表われ《あら》なのかもしれなかった。

髪の毛を乾かされ、ドレスを着せられた後、鏡台の前に座るように案内された。台の上には、真新しい化粧品がたくさん並んでいる。

「ロニーノ王国の若い女性たちの間では、ピンク色が流行《はや》っているのですよ。きっとお召し物にも合うかと思いますので、こちらの口紅を使用させていただきますね」

フローラは、大量の化粧品の中から、私の肌に似合いそうな色合いのものを手早く選んでいった。

「このような感じでよろしいでしょうか？」

首元までしっかり詰まった長袖のベルベット素材のドレスに、パールのネックレス。

私の瞳に合わせたエメラルド色のドレスは、黄金の髪の毛がよく映えた。髪の毛も、耳の上の髪はすくいあげてまとめており、食事の時に邪魔にならないだろう。

鏡の中に映る自分は、どこから見ても、先ほど湯船の中で泣きじゃくっていた人間には見えない。

フローラの能力が高いことが証明されて、彼女がエミリオンから能力で選ばれているのだと理解した。

「ありがとう。えっと……」

「フローラとお呼びくださいませ」

フローラは、私の手をそっと握りしめて答えた。生きた年数だけ刻まれた皺《しわ》の入った手は、じんわりと温かい。

「ありがとう、フローラ。本当に素敵だわ。私もジョジュと呼んでください」

「喜んでいただけて光栄です。ジョジュ様」

＊＊＊

フローラに晩餐会の会場へ案内されて、足を運んだ。

すでに長方形の豪華な机には、幾人もの貴族たちが、今か今かと私を待ち構えていた。

「大変お待たせいたしました。ジョジュ様、こちらへどうぞ」

案内された席は、エミリオンと隣の席だったようだ。

エミリオンは、私を一瞥《いちべつ》した後、すぐに顔を逸《そ》らした。そして、近くに座っている口髭《くちひげ》の男へ「オルテル公爵」と声をかけた。エミリオンは、私と話をしたくはないらしい。

歓迎されていないと分かっていても、蔑《ないがし》ろにされている事実に、やりきれない感情が湧き起こってくる。

とはいえ、どこへも帰る場所のない私は、しばらくこの国で大人しくしているしかないのだと自分自身に言い聞かせた。

「このような大切な晩餐会にて、私めに大切な役割を与えてくださいましたこと、心より感謝いたします。陛下」

オルテル公爵と呼ばれた男は、恰幅《かっぷく》のよい身体を椅子から起こし、手にしたグラスを宙へと掲げた。

「ジョジュ王女。マキシム・オルテルと申します。この度は、大国であるドルマン王国より、遠路はるばる我がロニーノ王国へ、よくぞいらっしゃいました。国王陛下とのご婚姻につきましても、気が早いとは思いますが、この国の繁栄を願いまして、お祝い申し上げます。乾杯！」

オルテル公爵の言葉に続いて「乾杯！」と次々にグラスが上がった。

乾杯の合図を待ち構えていたかのように、扉の外から料理が運ばれてくる。

ロニーノ王国を代表する郷土料理は、鹿肉らしい。両手では持ちきれないほどの大きな肉の塊が、湯気を立てて大皿の上に載せられていた。

他には、素材の味を活《い》かした芋や野菜のバター焼きに、蒸した魚料理、海鮮クリームスープもあった。

細やかな装飾の大皿に、一口サイズの創作料理が出てくるドルマン王国では、見かけないような料理ばかりだ。

巨大な鹿肉の塊は、エミリオンから順番に、皿の上へ取り分けられていく。二番目に順番が回ってきたので「私は最後に……」と遠慮した。あまり、お腹《なか》がすいていなかったのだ。

するとオルテル公爵が、順番を飛ばそうとした使用人に向かって首を横に振った。

「王妃となるお方が最後だなんて、とんでもないことでございます！　今夜はジョジュ王女が主役なのです。ぜひ、ロニーノ王国の郷土料理をお楽しみください。デリット地方で採れた岩塩を使った鹿肉の塩焼きは、この国の中でも特におすすめですぞ」

オルテル公爵の指示に従って、使用人は私の皿に鹿肉を切り分けて置いてくれた。

デリット地方は、ロニーノ王国の北部に位置していると、頭の中で地図を思い描く。氷ばかりで人が住めるような場所ではなかったはずだ。

「デリット地方といっても、あそこはロニーノ王国の中でも特に広大な土地でしてな。北東へ進むと氷のない地域があります。この岩塩はそこで採れたものなのです」

私が考えている疑問を察したのか、オルテル公爵が教えてくれた。

「そうだったのですね。教えてくださってありがとうございます」

「さあ、さあ。召し上がってください。せっかくの料理が冷めてしまいますぞ」

「オルテル公爵。そのように急《せ》かしてしまったら、王女様が食べにくいじゃありませんか」

近くに座っていた貴族の一人が、笑顔で話しかけてくる。私は「お気遣いありがとうございます」と彼にも、オルテル公爵にも微笑《ほほえ》んだ。

この国で、私の悪い噂《うわさ》は届いていないのだろうか。エミリオン以外の人間が、あまりに好意的すぎるので、私は逆に怖くなった。

使用人たちが、生クリームをパイ生地に乗せただけのデザートを配膳している時だった。

「ジョジュ・ヒッテーヌ王女は、祖国で義母を殺害しようとし、公的資金を貪っていたという噂は、本当でしょうか？」

エミリオンから最も遠い末席に座っていた男が、突然声を張り上げたのだ。

部屋の中は静まり返り、全員の視線が私に集まった。事件が起こったお茶会の時に向けられた視線と、全く同じだ。

面白がる者、不快感を露《あら》わにして軽蔑の眼差《まなざ》しを隠そうとしない者。何度向けられても、慣れるものではない。

「不快だ」

はじめに声をあげたのは、エミリオンだった。

やはり、エミリオンに敵意を抱かれていたのだ。私はこの場を収めるために「大変申し訳ありません」と謝罪の言葉を述べようとした。

しかし、彼の赤い瞳はこちらへ向いていなかった。

「陛下！　この国をドルマン王国に売るおつもりですか？　いくらイリナティス妃の持ってこられた縁談とはいえ、陛下はすでにサドルノフ公爵令嬢との婚姻が決まっていたではありませんか！　このような悪評がある王女との結婚は、我々は認められません」

「口を慎め、ベンケンドルフ伯爵！　このご婚姻は、お前ごときが口を挟めるものではない！　ジョジュ王女だけでなく、陛下、イリナティス様、ましてや王家であるレックス家まで貶《おとし》めるつもりか！」

オルテル公爵が、ベンケンドルフ伯爵に向かって注意をする。

しかし、彼の勢いは止まらなかった。

「不敬罪で投獄されてもかまいません！　事実、彼女は、弁解をしないではありませんか。これは、罪を認めているのと同じ。私は、この国を愛しているのです。だからこそ、陛下には正しいご婚姻をしていただくのが重要だと」

エミリオンは、大きなため息をつき「衛兵。奴を出口まで案内しろ」と指示を出した。

王の合図を聞き、壁に控えていた衛兵たちが、激しく抵抗するベンケンドルフ伯爵を椅子から引きずり下ろす。

伯爵は、衛兵たちによってあっという間に会場の外へ連れ出されてしまった。

「晩餐は、これにて終了にする」

エミリオンは、私を見ることもなく部屋から出て行ってしまった。

「このようなくだらない話を、これ以上しようものなら、誰としても容赦しませんぞ」

エミリオンを追いかけて出て行く際、放ったオルテル公爵の言葉に、反論する貴族はいなかった。

残された貴族たちは、戸惑った表情を浮かべていた。そして、次々とエミリオンの後を追いかけるようにして会場を後にしていく。

あまりに強烈な歓迎会に、私は言葉を失ったまま席から立ち上がれずにいた。

残された私のそばへ、慌てたようにフローラが駆け寄ってきた。

「ジョジュ様。大丈夫でしょうか？」

「ええ。平気よ、フローラ。少し驚いたけれど……。言われるのには慣れているわ」

本当は全く慣れていないのだが、私は彼女の前で虚勢をはった。これ以上誰かに、哀れだと思われたくなかった。

一秒たりともこの部屋に残っていたくないと、席を立ちあがろうとした時だった。

「王は、なかなかに手強《てごわ》いお方ですが、お気になさらないでください」としわがれた男の声が聞こえた。

私に声をかけてきたのは、黒いローブを身にまとった年老いた男である。服装から聖職者であるのは、一目瞭然であった。

私を連れ戻そうとしていたフローラが一歩下がって頭を下げる。

「サピエロ・カルロフと申します。ジョジュ・ヒッテーヌ王女。ようこそ、ロニーノ王国へ」

人当たりのよい笑みを浮かべていたが、エミリオンとはまた異なった恐怖心を、私は抱いた。微笑んでいる瞳の奥が、一切笑っていないように見える。そういった表情を浮かべている者を、私は、ドルマン王国で幾人も見てきた。

「不躾《ぶしつけ》ではありますが、王女に少しお願いをしたく」

「お願い？」

「はい。そうです。私、曲がりなりにも、この国の聖職者として長年お仕えいたしております。決して、陛下を貶めるわけではありませんが、近頃のロニーノ王国では、国が分断されつつあるのです。先ほどの、ベンケンドルフ伯爵をご覧になったでしょう？　前王であるヴィッサリオン陛下とロザリア妃殿下がお亡くなりになってから、エミリオン陛下は、革新、革新とその一点張り。ついて行けない者が大勢おります」

彼は、私に何を聞かせるつもりなのだろうかと身構えた。どう考えても、エミリオンとは反対の勢力にいるように見える。

「それで、お願いとは？」

「王女には、ぜひ、そういった者たちの立場もお考えいただけるよう、陛下にお伝え願いたいのです」

「まだここへ来たばかりですから、できることは少ないかと思います」

「ええ、もちろん。できることからでかまいませんよ」

精一杯の作り笑いを浮かべて、私はまだ何か言いたげな老人と距離をとった。

要は、エミリオンの行動を抑制させろという意味だ。決してエミリオンを身内だと思ってはいないが、仮にも妻になる身として、夫を敵に回したくはない。

会場を後にして、人気が少なくなった時「ジョジュ様は、賢明なお方だと思います」とフローラが結んでいた口を開いた。

「彼は、いったい何者だったの?」

「あのお方は、サピエロ・カルロフ大司教様にございます。ロニーノ王国内の教会の最高責任者であり、国内の全ての教会を取りまとめる立場にあります。そして、陛下の反対勢力の派閥の中心人物です」

フローラは、周りに人がいないか充分に確認した後、私の質問に答えた。

どうやら、ロニーノ王国にも祖国のようにドロドロとした派閥争いがあるらしい。

前王であるヴィッサリオンと、その妻である前王妃ロザリアが事故で亡くなったのが五年前。両親を事故で亡くした後、即位したエミリオンは、短期間で国をまとめ上げ、ロニーノ王国の発展に尽くしてきた。そのやり方は、時に冷酷極まりなく、一部の貴族たちの反感を買うのには充分であっただろう。

エミリオンを中心とした新体制派と、取り残された貴族たちをまとめた旧体制派。二つの派閥争いは、日に日に激しくなっていくばかりらしい。

「ロザリア前王妃様の後見でもありましたカルロフ大司教様は、古くから王家と繋《つな》がりのある由緒正しいカルロフ家の出身でございます。そのため宮廷での発言力も高くていらっしゃるのです」

「それほど影響力のあるお方なのね……」

「はい。現在、先々代の王妃でありましたイリナティス妃が、中立の立場でおさめていらっしゃいます。しかし、ジョジュ様が旧体制派に取り込まれたとなると、陛下のお立場が危うくなってしまいます。私が、申し上げられることとすれば、差し出がましいと充分存じておりますが、どうぞ、巻き込まれないようにお願い申し上げます」

「わかったわ。教えてくれてありがとう。フローラ」

どちらにしろ、私に選択肢はない。エミリオンに、どれだけ邪険に扱われたとしても、彼の妻である限りは、当分新体制派として扱われるのだ。

# 第二章　愛のない結婚式

旧体制派の人間たちがいくら騒ぎ立てようとも、私がロニーノ王国の王妃になる準備は、着々と進められていった。

王族として認められ、正統な王妃となるためには、ロニーノ王国の国籍を所持してから半年経《た》たなければならないと、法律で定まっているらしい。

はるか昔より、ドルマン王国や他の大国から、侵略の危機に晒《さら》されてきたロニーノ王国。万が一、他国に支配されたとしても、半年間は自国を奪還するための猶予を得るために設定しているのではないかと私は思った。

そのため、まずは結婚式を行い、その半年後に戴冠式が行われる。

私の名前も戴冠式が行われるまで、ジョジュ・ヒッテーヌのまま通す予定だ。

結婚式当日の朝、私は純白のドレスに身を包み、人前に出る必要があるのを覚悟しなければならなかった。晩餐会《ばんさんかい》の夜から、私は発熱してしまい、エミリオンだけでなく、他の人たちとも会わずに済んでいたからだ。祖国で散々痛い目にあってきた私からすれば、新体制派、旧体制派の派閥争いには、積極的に関わり合いたくないのでちょうどよかった。

このまま、できるだけ関わり合いになりたくない。

どんよりとした雲よりも重たい気持ちを抱えながら、私は自分の身体《からだ》にぴったりのドレスの裾を弄んだ。

シルクでできた純白のドレスには黄金の刺繍《ししゅう》が施され、小さなビーズが大量に縫い付けられている。

イアリングとネックレスには、私の瞳と同じ色の大きなエメラルドが輝いている。小粒のダイヤモンドで縁取りまでされた美しいそれらを、私はとても気に入った。今後も身につけたいが、極寒のロニーノ王国では貴金属類を積極的に身につけたいとは思えないかもしれない。

全ての準備を終えて「少々お待ちください」とフローラが部屋を出て行った。準備ができるのを待ち構えていたと言わんばかりに、部屋の扉をノックする音が聞こえる。

私が「どうぞ」と返事をすると、そこには、お揃《そろ》いの水色のドレスを身にまとった親子が立っていた。

「失礼いたします。ジョジュ王女」

見た目が、非常に似ている母と娘だった。

栗色《くりいろ》の癖毛を母は一つにまとめ、娘は胸の辺りまで伸びた髪の毛を三つ編みにしている。二人とも、人形のようなぱっちりとした二重に、茶色の瞳を囲む長いまつ毛が印象的だ。

「お初にお目にかかります。マリアンヌ・オルテルと申します。こちらは、娘のアルムです。結婚式のお手伝いをさせていただきます」

マリアンヌは、人当たりのよい笑みを浮かべて言った。

夫は、国王の側近であるマキシム・オルテル公爵であり、結婚式の介添人としてやって来たらしい。

「オルテル公爵の奥様だったのですね。どうぞよろしくお願いいたします」

国から事実上追放され付き添いもいない私に、エミリオンが手配してくれたらしい。

マリアンヌの口からエミリオンの名前が出たので、思わず心臓が跳ねた。

しかし、彼女には気付かれなかったようだ。

フローラは爵位の高い貴族の一員ではないので、式場の外までしか私と一緒にいることができない。本音としては初対面のマリアンヌよりも、ここ数日一緒だったフローラの方が安心できた。

だが、マリアンヌ自身もこの役目を望んでいるように見える。

「このような機会を与えていただき光栄です」と何度も繰り返すくらいだ。

腐ってもドルマン王国の王女と、自国の王の結婚式に役割があるのは、彼女にとって非常にうまみがあることに違いないようだ。

「ほら、アルム。王女様に、ご挨拶なさい」

「はじめまして、王女様。アルム・オルテルと申します。花嫁さんのお手伝い頑張りますので、どうぞよろしくお願いいたします」

　まだ十歳くらいだろうか。淑女として完璧な挨拶だ。母に促されて、天使の微笑《ほほえ》みを浮かべながら、アルムは私に向かって頭を下げた。

「アルムは、陛下の弟君であります、ガルスニエル王子の婚約者になります。今後、王女様とは懇意になっていくと思います。どうぞ、可愛《かわい》がってやってくださいまし」

　エミリオンに弟がいたのを、マリアンヌの言葉を聞いて思い出した。

「ガルスニエル王子は、結婚式でお会いできるのかしら？　まだ、この国に来て拝見したことがないのだけれど」

「はい。王子も出席するとは思いますが……」

　ずいぶんと歯切れの悪い返事だ。私の言葉に、マリアンヌとアルムは目配せしている。どうやら、私はエミリオンの弟にも、相当嫌われているらしい。結婚式にはさすがに参加するかもしれないが、友好的な関係を築こうとするのは厳しいようだ。

「アルムさん。本日は、どうぞよろしくお願いしますね」

　ガルスニエルの質問はなかったことにして、私は微笑みながら手を差し出した。アルムは一瞬戸惑ったような表情を浮かべた。

　しかし、母親にせっつかれると小さな手で、私の手をしっかり握り返してきた。

＊＊＊

重たい鐘の音と讃美歌《さんびか》を歌う人々の声が、城全体に響き渡っている。

各国から送られてきた盛大な贈り物の数々と、祝いの花が、式場に溢《あふ》れかえっていた。

白い教会の中に敷かれた真っ赤なビロードの絨毯《じゅうたん》の上に、キャンドルグラスが置かれている。灯《とも》された火は、ゆらゆらと揺れていた。

何十列とある十数人掛けの長椅子には、人がぎっしりとつめかけて座っていた。

最前列の席に、エミリオンに顔がそっくりな少年が不貞腐《ふてくさ》れたような表情を浮かべて座っている。

もしかしたら、彼がガルスニエル王子かもしれない。アルムと同い年くらいだろうか。

真っ赤なルビーのような瞳。エミリオンが幼い顔つきになったら、あのような顔だろうと誰もが予想できる容姿。

ただ一つ異なっているのは、彼の髪の毛が漆黒であることだけである。

もし、彼が兄と同じような年齢であれば、私とアルジャンのように王位継承争いが繰り広げられていたかもしれない。

そこまで考えて、私は首を横に小さく振った。派閥争いには、関わらないのだから、考える必要はない。

私の隣を、オルテル公爵夫人のマリアンヌが歩く。十メートルはある長いベールを、娘のアルムが、そっと持ち上げてついてきた。

祭壇の前では、エミリオンとカルロフ大司教が立っていた。聖職者であるカルロフ大司教に、教典を読んでもらってから、愛を誓い合う儀式に移るらしい。

エミリオンの近くまで歩いて行くと、彼は私を静かに見つめていた。エミリオンが着ている黒い生地で作られた儀式用の軍服には、私のドレスと同じ模様の黄金の刺繍が施されている。

エミリオンのことをこれ以上考えていたくなくて、私は壁に括《くく》り付けられている少女の像を見上げた。サイアと呼ばれる少女は、ロニーノ王国のサイア教の神様だ。ロニーノ王国では、サイアにすべてを祈る。

「まあ、国王陛下。今日は、一段とご立派ですわ。王女様とお似合いです」

マリアンヌのよく分からないお世辞を聞き流しエミリオンは、私の方へと手を差し出した。

「王女様。陛下の手を取ってください」

マリアンヌに耳打ちされて、私は慌てて差し伸べられたエミリオンの手を取った。エミリオンの大きな手の内には、マメがたくさんできて硬くなっていた。剣術など、長い間鍛錬してきたのだろうか。傷一つない小さな私の手は、大きな手に包み込まれた。

「私に、愛を求めるな。私も、そういうものは、あなたに求めない」

隣に立った私に対して夫となる男はニコリとも愛想を向けずに、小さな声で言い放った。

彼の態度をずっと見ていて、そういった類《たぐい》の言葉を直接言い渡されるのは、覚悟していた。

私は「分かっております」と即答した。

この結婚は、政略結婚だ。ドルマン王国が、ロニーノ王国の広大な土地から採掘される資源を安値で手に入れる。

その代わりにドルマン王国は、ロニーノ王国の後ろ盾として力を発揮するらしい。継承争いに敗れ、追放された王女が嫁いだ国のために、祖国はどれだけ考慮するだろうか。

けれども、エミリオンは、切り札として役に立つと考えているようだ。

「ここで暮らしやすいように、手配する。だから、あなたも王妃らしく振舞ってくれ」

国外追放を受けるような悪姫《あっき》は、足を引っ張るような行動をせずに、大人しく役割を果たせという注意喚起らしい。言われなくても大人しく王妃を演じるつもりだ。もう、あのような目にあうのは、懲り懲りなのだから。

私とエミリオンが揃うと、カルロフ大司教は真紅の儀式用マントをひらりとひるがえし教典を唱え始めた。教会の中には、カルロフ大司教の声だけが響き渡っている。

サイアの名のもとに、病める時も、健やかなる時も、共に歩み、支え合い、愛し合うこと。

愛のない政略結婚なのにもかかわらず、そのような誓いをするとはあまりに滑稽だ。

「それでは、ロニーノ王国の繁栄を祈りまして、誓いのキスを」

カルロフ大司教の言葉に促され、エミリオンの大きな手が私の頬へ触れる。愛を求めるなと言う割に、いたわるような優しい手つきだった。私は、覚悟を決めてゆっくりと瞳を閉じた。

冷酷で残虐だと言われる男の唇は、温かく柔らかかった。

＊＊＊

空を覆い隠していた分厚い雲の中から、一筋の太陽の光が差し込んでいる。

「なんと幸先《さいさき》のよい。まるで少女サイアが、祝福してくれているようだ」

発見した貴族が声をあげると、会場に歓声が湧き起こった。結婚式が執り行われた後、首都プルペの街を馬車で一周する予定だ。天候が良《い》いのは、ありがたい。

一緒にいるのがエミリオンでなければ、もっと楽しい祝賀パレードになったのだが、彼との結婚を祝うためのものなので仕方がなかった。

兵士たちに案内されながら、私はすでに馬車に乗り込んでいるエミリオンの向かい側に座った。

「王女様、こちらへ」

「出発しろ」

エミリオンの指示と同時に、馬車は城を出発した。

国王とドルマン王国から来た花嫁を一目見ようと、門の外に大勢の国民が押しかけている。大歓声の中、馬車はゆっくりと進んだ。

「国王陛下、万歳！」

「ロニーノ王国、万歳！」

「エミリオン様！　おめでとうございます！」

「お幸せになってください！」

人々の歓声は、止《や》まずにどんどん激しくなっていく。

他国に冷酷であると恐れられているエミリオンの噂話《うわさばなし》。てっきり国民も同じ認識だと思っていた。この歓声を聞く限り、どうやら間違っていたようだ。

ドルマン王国の王であり、私の父であるオイゲン王でさえ、これほど熱狂的な歓迎を受けている姿を見たことがない。

エミリオンが国民からこれほど支持を得ているのは、少し意外だった。

窓の外から熱狂的なエミリオン支持者が「祝・結婚」と書かれた文字の木製看板を大きく振っている。その様子を見て、エミリオンが小さく微笑んだのを、私は見逃さなかった。

どうやらエミリオンは、笑顔も作れるらしい。

「陛下は、国民から慕われていらっしゃるのですね」

気が付いた時には、口から言葉がこぼれていた。無視されてしまうかと思ったが、エミリオンは静かに反応した。

「……そうだといいのだが」

心なしか、エミリオンの表情が柔らかくなったように見えた。

「国を豊かにしようと尽力しているが、他国に比べればまだ足りない。ドルマン王国から来たあなたから見て、ロニーノ王国はどうだ？」

「わ、私ですか……？」

「ここは、二人だけの空間だ。正直に述べてよい」

正直に述べろと言われても、どこまで正直に言えばよいのか分からなかった。エミリオンが国王になってから、他国と渡り合えるような国力をつけたことには違いない。

だが、国内への還元として表《あら》われるのは、まだ先なのだろう。

区画は整備されておらず、建物は古い。街の人々の身なりも、ややみすぼらしく感じる。

彼が「足りない」と思うのは、そのせいだ。

それでも、国民が王室にこれだけ希望を持っているのは意外だった。エミリオンは国民にとっては信頼するに値する王なのだ。

もし、本音をエミリオンに述べるのであれば、国をよくしていくために、内部争いを終わらせる必要があると伝えるだろう。

国の上層部は、一致団結していなければならない。ドルマン王国の時も、同じことを考えていた。行動すべき指針が二手に分かれていれば、いずれ全体に大きな影響を及ぼす。

事実、私が争いに敗れたので、ドルマン王国は裁くべき敵へと向かって一つになった。

そういった意味では、ジョジュ・ヒッテーヌといった王位継承者のうちの一人がいなくなったのは、ドルマン王国にとって良い影響を与えたかもしれない。

ロニーノ王国も同様に、新体制派と旧体制派の内部争いをやめる方向に持っていければ、より国力向上に注力できるだろう。

しかし、自分の意見をそのまま内に留《とど》めるのが癖になっている私は、エミリオンに正直な意見を述べる気になれなかった。

いつも意見を蔑《ないがし》ろにされてきた私は、エミリオンに向ける言葉を探した。父に耳を傾けてもらうために、なるべく彼にとって響きの良い言葉を選んできた。エミリオンが何を求めているのか、私にはまだ分からない。

現在、エミリオンについて、分かっている事実は二つ。

ロニーノ王国を改革していきたいと思っている。

そして、私を愛する気はない。

「ロニーノ王国は、すでに素晴らしい国ですわ。より良い国づくりのため、陛下の一助となれますよう、私も善処してまいります」

私は、彼の機嫌を損ねないようにと、当たり障りのない回答を述べる。

「……そうか」

エミリオンから静かに返事が戻ってきて、彼は窓の外に視線を向けてしまった。

それっきり、エミリオンの視線は、私の方へ向くことはなかった。私も彼に対してかける言葉が思いつかないまま、馬車は城へ戻ってきてしまった。

もしかしたら私は、エミリオンと打ち解ける機会を、自ら逃してしまったのかもしれない。

＊＊＊

先ほど顔をのぞかせていた太陽は、再び灰色の雲の中に顔を隠してしまった。

祝賀パレードを終えた後は、晩餐会《ばんさん》が開催される予定だ。

「先ほどまで、良いお天気でしたのに。今夜も、また雪かもしれませんね」

私の準備を手伝っていたフローラが、「とても残念です」と呟《つぶや》いた。

晩餐会の服装は、白のレースを首元にあしらった、真紅のビロードのドレスに、白い毛皮のコートである。寒さを凌《しの》ぐため、手にコートとお揃《そろ》いの毛皮のついた手袋もはめた。

全ての準備を終え、私は晩餐会が行われる会場へ到着した。

初日の晩餐会以降も、様々な貴族に挨拶して回る予定だった。しかし、熱を出してしまったせいで、今日が初対面になる人もたくさん集まっているらしい。

親指の爪ほどの大きなダイヤモンドが、私の左薬指で光っている。会場に入るのを躊《ちゅう》躇《ちょ》している私は、それを眺めながら扉の前で動けずにいた。初日の出来事を思い出しているのだと、フローラは気が付いたようだった。

「今夜は、大丈夫ですよ」

フローラに優しい声で語りかけられると、少しばかり安心した。

勇気を出して、会場の中へ足を運ぶ。私の悪評を声高々に叫んでいたベンケンドルフ伯爵の姿は、そこには見当たらなかった。

私の姿を見つけると、誰もが好意的な笑みを浮かべて「すばらしい結婚式でした」と話しかけてくる。安心した反面、初日の晩餐会での出来事が、揉《も》み消されている状況に、気持ち悪さも覚えた。

エミリオンと私の席の近くには、オルテル公爵夫妻と、娘のアルムが座っている。

「いやあ、すばらしい式でした。このような素晴らしい機会に携わることができまして、我が一族の誇りでございます」

エミリオンは反応していなかったが、オルテル公爵は気にしていないようだった。王が反応していないのにもかかわらず、私が意気揚々と返事をするのは気が引けた。私は、オルテル公爵に曖昧に微笑《ほほえ》んでみせた。

マリアンヌも、王家の結婚式における自分の役割が嬉《うれ》しかったようだ。式での様子を事細かに思い出して語っている。

娘のアルムだけが、退屈そうに両親の話を聞き流していた。

「アルム。あなたも光栄だったでしょう？」

母に尋ねられると、慌てたようにかわいらしい笑みを浮かべるのだった。

「ジョジュ王女」

マリアンヌに声をかけられて、私は慌てて彼女に視線を合わせた。

「は、はい」

「お伝えしようと思って忘れていたのですが、今週末に仲間内で集まってお茶会を開催しますの。よろしければ、ジョジュ王女もご一緒にと思いまして。まだ、この国に来て仲良くされる方々がいらっしゃらないのは、ご不安でしょう？」

『私たち、お姉様のおっしゃる通り、少し歩み寄る必要があるかもしれません。今度、ドルマン王国の繁栄を祈るために、お茶会を共同で開催しませんか？』

妹のリリーの言葉が、脳裏によぎる。

マリアンヌは、決して悪意があって誘っているわけではない。分かっているのにもかかわらず、どうしても身構えてしまう。

のこのこと参加して、また同じような状況になった時、私の身は今度こそ破滅する。

しかし、新参者の私から見てもオルテル公爵夫妻は、エミリオンにとって重要な参謀であるのはわかる。断る選択は、良策ではないだろう。

震える手を押さえつけ、マリアンヌに向ける言葉を探す。

「それは、何時からどこで開催される？」

突然エミリオンが、口を挟んだ。彼は難しい顔をしてマリアンヌの方を見ていた。

エミリオンが会話に参加してきたので「昼時から夕刻まで、私の邸宅ですわ、陛下」とマリアンヌは慌てて答えた。

「その時間は、王女に公務の引継ぎをする予定なので無理だ。また、彼女を誘う時は一度私に話を通すように」

エミリオンの有無を言わせない態度に、マリアンヌは「大変申し訳ありません」と頭を下げた。

助けてくれたのだろうか。いや、まさか。

エミリオンの方を見るが、彼の視線は全くと言っていいほど私に向いていなかった。

前回参加した晩餐会同様にオルテル公爵の合図で食事が始まると、部屋の外が何やら騒がしくなった。

「おやめください！」

誰かが必死に止める声が聞こえたのと、会場の扉が勢いよく開かれたのは、ほとんど同時だった。

「兄上！」

少年の叫び声が、静まり返った会場の中に響き渡った。

「これは、これは。ガルスニエル殿下。よろしければ、こちらで一緒にお祝いをいたしましょう」

突然の来訪者に、オルテル公爵が機転を利かせて、ガルスニエルを呼んだ。結婚式で見かけたエミリオンによく似た少年は、やはり弟のガルスニエルだったようだ。

しかし、ガルスニエルは、オルテル公爵の言葉を無視して、兄の座っている席まで駆け寄った。

「兄上は、この女に騙《だま》されております！　どうして、ベンケンドルフ伯爵が、あのような処分を受けたのです？　この国では、正直な意見を述べると罰が与えられるのですか？」

ベンケンドルフ伯爵の名前が出た瞬間、会場がざわめいた。

私は、エミリオンの方を見て、彼の言葉を待った。エミリオンは、うんざりしたように、深いため息をついた。

「お前には関係ない」

ガルスニエルが、口を開いて何かを言いかけた時だった。

「ガルスニエル様！」

ようやく少年に追いついたらしいゴルヴァンが、赤毛の髪を振り乱し、息も絶え絶えに会場の中に入って来た。ゴルヴァンは、今にも飛び掛かっていきそうなガルスニエルを、エミリオンから引き離そうと試みた。

しかし、ガルスニエルは、それを何度も振り払う。

「親殺しが、この国の王妃になるなんて……許されません」

王子とはいえ、このような子供にまで噂《うわさ》が広がってしまったら、王家に不信感が集まってしまわないだろうか。

ガルスニエルと、視線が合った。その瞳の奥には、憎しみともとれる炎がメラメラと燃え盛っている。

「ゴルヴァン。職を失いたくないのであれば、今すぐガルスニエルを部屋へ連れ戻せ。明日の朝一で、離宮へ手紙を送る」

「なぜです！　なぜ、僕が、離宮へ行かなくてはならないのですか！　兄上、目を覚ましてください」

「目を覚ますのは、お前だ。ガルスニエル」

弟の抗議をものともせずに、エミリオンは素っ気なく命令を下した。ドルマン王国との同盟を優先するのであれば、当然の反応だった。

愛はないが、ここで暮らしやすいようにするといった結婚式での誓いは、どうやら口先だけではなかったらしい。ゴルヴァンに連れて行かれるガルスニエルの瞳には、涙が浮かんでいた。

「こんな大勢の前で、王様に抗議するなんて、バカなガルスニエル」

静まり返った部屋の中で、アルムの小さく呟く声が聞こえた。

＊＊＊

ガルスニエルの一件が気になって、眠れぬ夜を過ごした。

今日は、オルテル公爵同伴のもと、城の中を案内してもらう約束になっている。晩餐会の終わりに、エミリオンがオルテル公爵に指示を出したのだ。

本来であれば、城に到着した次の日に案内してもらう予定であった。私が発熱してしまったため、延期になっていたのだ。

ニックス城の上空には、灰色の雲がかかっている。昨晩降り積もった雪を、使用人たちが協力しながら、城壁の外へ捨てていた。彼らの作業を窓から眺めながら、毛皮のコートの中で身体《からだ》をすぼめた。

オルテル公爵と護衛たちが迎えに来て、私はフローラと共に部屋を後にした。会議室、図書室、資料館、大広間など、様々な部屋に案内された後だった。

王族専用の中庭に向かう途中の廊下で、血相を変えたメイドがこちらへ走って来た。

「オルテル公爵！　ガルスニエル様とアルム様が」

中庭は、ちょっとしたボヤ騒ぎになっていた。数人のメイドが、必死に周りの雪を使って火を消している。

ガルスニエルとアルムは、火を消すメイドたちの近くに立っていた。

「何をやっているのだ」

オルテル公爵が、血相を変えて子供たちに尋ねた。

その時、私の視線に入ってきたのは、火が消されたばかりの自分の荷物だった。初日に盗まれた私の荷物は、見る影もなく黒焦げになっている。私はしゃがみ込み、焦げた荷物の中から、家族の肖像画と思われる物を取り出した。肖像画は焼け焦げ、私どころか家族も消え去ってしまっている。

言葉が出てこなかった。陰湿な現場だ。眩暈《めまい》がしたが、必死に耐えた。どうして、このようなひどい行為ができるのか、私は信じられなかった。

ロニーノ王国での私の評価を変えない限り、似たようなことが今後も続くのだろうか。

「まさか、ジョジュ様の……」

私の様子を見て、フローラが、口に手を当てて小さく呟いた。

その瞬間、バシッと乾いた音が中庭に響き渡り、アルムが声をあげて泣き始めた。オルテル公爵が、娘の頰を思い切り叩《たた》いたのだ。

「何をしたのか、分かっているのか！　アルム」

「知らないわ。燃えているから、見ていただけだもの。お父様、本当よ！　私たちじゃないわ」

叩かれた頰を押さえ、大粒の涙を流しながらアルムは訴えた。

私とフローラは、助け舟を出さなかった。晩餐《ばんさん》会でガルスニエルが、私についてエミリオンに異議を唱えていたのは、誰もが知る事実だからだ。

「ガルスニエル王子。これはいったいどういうおつもりか、教えていただけませんかな。あまりにもお戯れがすぎますぞ」

さすがのオルテル公爵も、王族であるガルスニエルに平手打ちはできないようだ。公爵は、震える声を抑えながら尋ねた。

しかし、ガルスニエルは答えなかった。

「王子」

オルテル公爵が痺《しび》れを切らし、ため息をついた時だった。涙を拭っているアルムの手を引いて、ガルスニエルは走り始めた。

咄嗟《とっさ》のことだったので、その場にいた全員の反応が遅れてしまった。

私を放置できないオルテル公爵は近くで待機している衛兵に、二人を連れ戻すよう指示を出している。

「ジョジュ王女、この度は、まことに申し訳ありません。なんとお詫《わ》びをしたらよいのやら」

今にも顔面が地面につきそうな勢いで、オルテル公爵が私に謝罪の言葉を述べた。

私は彼らが本当に荷物を燃やしたと確信が持てるまでは、この件を公にしたくはなかった。

「この件は、公にしないでいただけますか？」

曲がりなりにも、ガルスニエルはエミリオンの弟であるし、アルムは、エミリオンの腹心の部下であるオルテル公爵の娘だ。その両方と問題を起こして騒いでいる印象を、私は周りに植え付けたくなかった。

「ジョジュ王女。陛下にも申し上げないおつもりですか？　大事なお荷物が燃やされてしまったのですぞ」

「この件で、王子やご息女の立場を悪くするのは、あなたにとっても、私にとっても得策ではないでしょう？」

「寛大なお心、誠に感謝申し上げます」

私の言っている意味が理解できたらしいオルテル公爵は、再び深々と頭を下げるのだった。

# 第三章　真夜中の襲来

荷物が燃やされた次の日の夜、体調が悪いと言って、私はまた晩餐会を欠席した。気持ちに寄り添ってくれたフローラ以外、誰にも会いたくなかった。どうしようもない怒りの感情を、誰かにぶつけてしまいたくなりそうだったからだ。

金色の装飾が施されている白い木製テーブルの上に置かれた、焼け焦げた荷物の欠片《かけら》を眺める。

真っ黒になってしまった肖像画には、もう家族の姿はない。

状況的に怪しかったガルスニエルと、アルム。

けれども、本当に荷物を燃やしたのは、彼らなのだろうか。荷物を焼いた犯人は、間違いなく私を疎ましく思っている人物には違いない。

表立って主張してくる人物は少ないが、この城の中にいるほとんどの人物が私を気に食わないと思っているだろう。

私を花嫁に迎え入れようと考えたイリナティス妃は、一体父にどのような弱みを握られていたのだろうか。澄み切った新雪の中にわざわざ泥を投げ入れてまで、ドルマン王国の後ろ盾が必要なのかわからない。

気分が滅入《めい》ってきたので、フローラに焦げた荷物をどこかへ移しておいて欲しいと頼もうと決めた時だった。

ちょうど、就寝の準備をするために席を外していたフローラが戻って来た。

「どうしたの？　フローラ、顔色が悪いわよ」

青ざめたフローラの顔を見て、私は席から立ち上がって、彼女に駆け寄った。

「ジョジュ様……ガルスニエル様とアルム様が行方不明だそうです」

＊＊＊

ガルスニエルを離宮で預かる件について、昨晩エミリオン宛てに返事が来たそうだ。本来であれば、今日の昼にガルスニエルは離宮へと送り届けられるはずだった。

しかし、少年は監視の目をかいくぐり、移動中の馬車から抜け出してしまったらしい。

不幸中の幸いであったのは逃げ出した場所が、ニックス城の敷地内であったことだ。城の中にいるのは間違いないらしいが、城中を捜しても少年を見つけられなかったそうだ。

また、公爵家の屋敷にいたはずのアルムも共に行方が分からなくなってしまった。公爵家専用の馬車が、ニックス城に到着した事実は衛兵から確認が取れているらしい。オルテル公爵夫妻は、必死になって娘の行方を捜しているとのことだった。

「今夜は冷えるというのに……」

私に気を使ってか、フローラはその先の言葉を言わなかった。

窓の外は、すっかり暗くなっていた。

「どうして陛下は、王子を離宮へ送りたいのかしら？」

私はふと湧き出た疑問を、フローラへと投げかけた。

「陛下は、きっとガルスニエル様を旧体制派の方々からお守りするつもりなのですよ。私も、王族であるレックス家の方々がたくさん滞在していらっしゃる離宮の方が、今のガルスニエル様にはよろしいような気がしております」

離宮に、同じ王族がたくさん住んでいると聞いて、納得がいった。

ガルスニエルは、まだ幼い。今後もベンケンドルフ伯爵のように、心が不安定な彼を利用して発言を通そうとする者も出てくるはずだ。敵も多いニックス城に置いておくよりも、離宮へ送ってしまった方が安心なのだろう。

＊＊＊

私の就寝の準備が整うと、フローラは部屋を後にした。

私は、淹《い》れてもらったばかりのお茶の入ったカップを持ち、椅子に腰かける。

ガルスニエルとアルムは、いったいどこにいるのだろうか。

窓の外では、塊のような大粒の雪が、しんしんと城の上に降り積もっていった。

「綺麗《きれい》な雪」

静まり返った部屋の中で、「バウ！」とまるで私の呟《つぶや》きに返事をするように犬の鳴き声がした。

私は、まだ半分ほどお茶の残っているカップを腰の高さほどあるサイドテーブルの上に置いて、声のした方へと耳を澄ませる。

「静かにしろ。フラン」

「バウ」

「そうよ。なんでフランを連れてきたのよ」

「一緒に行くってついてきたんだよ」

「バウ」

「どうせ、怖いから犬についてきてもらったんでしょ。怖いなら、やめておきなさいよ」

「僕は、あの女に一泡吹かせないと納得いかないんだよ」

「ウォン！」

「静かに」

「静かにしなさい」

犬の鳴き声と一緒に、ヒソヒソと会話をする子供の声も聞こえてきた。

しかし、部屋の中には誰もいない。

私は、音を立てないように、ベッドの下やクローゼットの中を覗《のぞ》いてみた。

けれども、そこに子供たちや犬の姿は見えなかった。

まさか、幽霊ではないだろうか。昔、この城で亡くなった子供の幽霊が、と妄想が私の中で膨らむが、ありえないと首を横に振った。

もう一度耳を凝らし、声の聞こえる方へと歩いていく。大きなタペストリーがかけてある方から、音が聞こえた。そっとタペストリーをめくってみると、そこには小さな扉があった。

どうか、幽霊ではありませんように、と勢いよく扉を開けた。

目の前に立っていたのは、幽霊、ではなく、ガルスニエルとアルム、そして大型犬一匹だった。

「キャー!」

「うわあああ!」

「バウワウッ! ワン!」

子供たちの甲高い悲鳴を聞いて、私も同じように「キャァアア!」と大きな声を出してしまった。私の大きな悲鳴に、さらに驚いたガルスニエルとアルムが悲鳴をあげる。

「王女様！　どうかされましたか？」

扉の外に立っていた衛兵が、奇声を聞きつけ、血相を変えて部屋の中に飛び込んでくる。

私は、慌てて扉を閉めて「い、いいえ。なんでもないわ。悪夢を見てしまったみたい。下がっていいわ」と言い訳した。側《はた》から見れば、奇声をあげながらタペストリーに抱きついている変な女である。

訝《いぶか》しげな表情を浮かべながら「承知しました」と衛兵が部屋を出て行く。扉の外から「逃げるぞ！」と子供たちが走り去っていく音が聞こえた。

衛兵を外へ追い払った後、タペストリーの裏側にある扉を開けた。

こんなところに隠し扉があっただなんて。フローラは教えてくれなかったが、知っているのだろうか。

それにしても、なぜ子供たちはこの隠し扉の存在を知っていたのだろう。走り去っていった子供たちを追いかけなくてはならない。埃《ほこり》っぽい通路を歩きながら、燭台《しょくだい》で辺りを照らした。

ガルスニエルとアルムの声が聞こえた方向へと走って行く。

狭い排気口には、古びた梯子《はしご》が立てかけられていた。子供たちと大型犬一匹は、この狭い排気口を使って城の中を徘徊《はいかい》していたらしい。どうりで、大人たちが見つけることができないわけだ。

「ほら、早く登って」

先に登ったアルムが、ガルスニエルへ手を差し伸ばしている。

「わかってるよ。先にフランを頼む！」

私は、少女に自分の愛犬を持ち上げ渡そうとしている少年の襟首を、思い切り引っ張った。

「ねえ。一体どういうつもり？」

思っていたよりも声が震えたが、それがどうしてか自分でもよくわからなかった。

アルムはしゅんと目を伏せて俯《うつむ》くだけだったが、ガルスニエルは「お前のせいで僕の人生はめちゃくちゃだ！」と開き直っていた。

フランと呼ばれた犬は、黒と白の交じり合った毛並みと、珍しい黄金の瞳を持っていた。

私が主人であるガルスニエルの襟を引っ張ったので、「バウワンッ！」と吠《ほ》えて威嚇してくる。噛《か》みついてこようとはしなかったので、とりあえず無視した。

「とりあえず、アルムさんは、そこから降りなさい。危ないから」

ガルスニエルを解放せず、吠え続けるフランを無視して、私はアルムに手を差し伸べた。

意外だったのは、アルムが素直に、梯子を使って降りてきたことである。可愛《かわい》らしいドレスは、すっかり埃で汚れてしまっていた。私は、彼女のドレスの埃をパンパンと手で払い除《の》けた。

「お願い。ジョジュ王女。お父様には言わないで」

「もう三回目なのよ。こういった件が起こるのは」

涙を浮かべて懇願するアルムに、私は吐き捨てるように言った。

「お前が、この国に嫁いでくるからいけないんだ。犯罪者のくせに」

私の手から逃れようと、ガルスニエルが身体《からだ》を捩《よじ》る。私は渾身《こんしん》の力を込めて、少年の襟を握りしめた。

「犯罪者だったら、もうあなたも同じよ。深夜の私の部屋に忍び込んできて、何をするつもりだったの？　陛下にあなたたちが私に危害を与えようとしてきたと伝えたら、どうなると思う？　犬は、間違いなく殺処分になるわね」

本当は犬にそのようなことをするつもりは微塵《みじん》もなかったが、私はガルスニエルを脅すために言った。

「フランまで殺すのか！　僕の大事な相棒だぞ！」

「いい加減、その口を慎みなさい！」

私が大きな声をあげると、度が過ぎている。ガルスニエルがビクッと身体をすくめた。

「申し訳ないけれど、衛兵を呼んで、あなた方をそれぞれいるべき場所へ戻すわ。処分は、陛下に報告の上、連絡するでしょう。荷物の件も本当は目を瞑《つぶ》ろうと思っていたけれど、報告すべきね」

「荷物は私たちじゃないわ！　誰も信じてくれないけど、本当よ」

アルムが必死に訴えるが、「あなたのその言葉、目の前で唯一の祖国の思い出を燃やされた私が信じると思う？」と冷たく言い放つと、諦めたように肩を落とした。

「とりあえず、私の部屋に戻りなさい。話はそれからよ」

まだ抵抗するようならどうしようと不安だった。

しかし、ガルスニエルもアルムも、私の激しい剣幕に、大人しくいうことを聞くと決めたようだった。

部屋に戻ると、お茶はすっかり冷めてしまっていた。

私は、扉の外で待機している衛兵に、ガルスニエルとアルムが部屋にいる状況を正直に打ち明けた。そして、温かいお茶を追加で持ってくるように頼む。

指示を受けた衛兵は、驚いたような表情を浮かべた後、すぐに担当の者を連れてくると走り去っていった。

このような状況の時まで、子供たちの冷えた身体を温めようと、お茶を飲ませようとしているなんて。私は、ずいぶんとお人好《ひとよ》しのようだ。

洟《はな》をすすりながら涙を流しているアルムと、フランの背中を撫《な》でて俯いているガルスニエル。少しやり過ぎてしまったかもしれないが、このくらいのお灸《きゅう》を据えないと、また次に何をされるかわかったものではない。

「そこに、座りなさい」

私が暖炉の前に椅子を二脚出して、彼らを座らせる。

フランは困ったようにくるくると回り、大きな身体を寄せるように少年の隣に腰を下ろした。二人の身体についた埃を取り払い、冷えた身体を温めるように毛布を膝にかけた。

するとずっと黙っていたガルスニエルが、部屋をぐるりと見回した後、声を上げて泣き始めた。

「ここは、お母様の部屋なんだ。お前が住んでいい部屋じゃないんだ……」

私の使っている部屋は、どうやら先代の王妃であるロザリアの部屋だったようだ。それで、ガルスニエルは秘密の隠し扉の存在を知っていたのかもしれない。

私は、ガルスニエルの泣き言に何も言わなかった。

幼い頃に母を亡くし、寂しさを埋めるように度々こっそりこの部屋に忍び込んでいたのだろう。

「ガルスニエル。泣かないで。私やフランがいるわ」

「でも、フランは殺されちゃうんだ」

人間の言葉がわかっていないフランは、泣いているガルスニエルを慰めるように、そばへ寄り添った。そして、少年の膝にかけてある毛布を舐《な》めてよだれでベチャベチャにしている。まるで「大丈夫だよ。僕がいるよ」と言っているように見えた。

「大丈夫よ。フランは殺されたりしないわ。お父様にお願いしてみるもの」

「でも、この女は殺すって言った。それに、アルム。この女はお前の父上よりも位が高いんだ」

「いやよ、フランが死んだら」

子供たち、大号泣の大合唱である。

これでは、私が全て悪いみたいではないか。味方のいない敵国の晩餐会《ばんさん》で罵られ、荷物を燃やされ、危うく寝込みを襲われそうになったというのに。罪悪感がもやもやと心の中に渦巻いていく。

しばらく経《た》って、何人かの足音が部屋の外から聞こえた。血相を変えて現れたのは、ゴルヴァンとそのほかの衛兵、そして、エミリオンだった。

部屋の中に入って来たエミリオンは、泣きじゃくる子供たちを見て呆気《あっけ》に取られているようだった。

しかし、視線をタペストリーに向けた瞬間、彼の表情が引き締まったのを私は見逃さなかった。

「お前たちは、部屋の前で待機していろ。ゴルヴァン、お前はオルテル公爵夫妻に連絡を」

一人の衛兵が、持ってきたお茶を子供たちの近くにあるサイドテーブルの上に置く。

彼はエミリオンに一礼すると、慌てて部屋を出て行った。

陶器のカップに入った熱々のお茶が、湯気をたてている。

しかし、誰もそのお茶に手をつける者はいなかった。

すべての衛兵たちが部屋を出て行ったのを確認すると、エミリオンは、黙ってタペストリーの前まで歩いてきた。ずれていたタペストリーの位置を元に戻し、弟に視線を向ける。

「この隠し通路を使ったのか？」

泣きじゃくっている弟に、厳しい声色でエミリオンは尋ねた。

「兄上……」

「使ったのか？　と聞いているのだが」

ガルスニエルは、心配そうな表情で自分を見ている愛犬を抱き寄せる。そして、唇をキュッと結び、エミリオンを睨《にら》みつけた。

「兄上は……兄上は、愚か者です！」

ガルスニエルが立ち上がった時、お茶を乗せていたサイドテーブルに勢いよくぶつかった。お茶の入ったカップが、ガシャンと音をたてて、液体と共に床に飛び散る。

大きな泣き声をあげながら、少年は扉を勢いよく開けて出て行った。

「ガルスニエル様！」

「お待ちください！」

控えていた衛兵たちのガルスニエルを呼び止める声が、開けっ放しの扉の外から聞こえた。その後を少年の愛犬フランが、追いかけっこだと勘違いしたのか、楽しそうに追いかけて行った。

アルムは、駆け付けた公爵家の使用人に連れられて部屋を出て行った。小さく落とした肩を見ていると、ガルスニエルも、アルムも、何か主張したい気持ちをうまく表現できなかったのではないかといった印象を受けた。

「今すぐ、ここを片付けさせる」

割れたカップの破片を靴でよけたエミリオンが、私に視線を移した時だった。

視界が揺れるのを感じた。どうやら、今更になって腰が抜けてしまったようだった。地面に衝突しなくて済んだのは、エミリオンが私を抱き抱えていたからだ。

彼は、私をベッドまで運び、優しい手つきでゆっくりと降ろした。

「大丈夫か？」

「ええ。あとは自分でできますから」

「弟が申し訳なかった。明日の朝、ガルスニエルは、離宮へ送り届ける。また、あなたの部屋の警備も強化するので、今後このようなことは起こらないだろう」

エミリオンがあまりにも淡々と言うので、私は彼を睨みつけた。この男は、根本が何も分かっていない。

「陛下。なぜ、ガルスニエル王子があのような行動を起こしたのか分かっていらっしゃるのですか？　弟を離宮に送りつけて軟禁状態にすれば、物事が解決するとでも？」

私がはっきりとモノを言ったので、エミリオンは呆気に取られたようだった。先ほど、ガルスニエルたちを叱った後の名残が自分の中に残っていたようだ。

言ってしまってから、しまったと口を閉ざそうとしたが、あふれ出て来る言葉が止まらない。

「結婚式の時に、あなたはこの国を豊かにするために尽力しているとおっしゃいました。ロニーノ王国は、いい国だと思います。王族と国民が近しい関係で、国民の顔が生き生きしていました。ですがあなたは、外ばかりに目を向けて、自分の家族を蔑《ないがし》ろにしている。私はいい。どうせ元々他人だもの。でも、あなたの弟は割り切れないから、他国からやってきた人間に、暴力的な言葉を吐いて、人の部屋に侵入する事態が起こるんだわ。陛下は、ガルスニエル王子の表情を、ちゃんと見たことがおありですか？」

生意気を言うなと上からねじ伏せられるかと思ったが、エミリオンは何も言い返してこなかった。目を伏せ、唇をきゅっと結んでいる表情は、先ほどのガルスニエルによく似ていた。

「五年前の今日、両親が亡くなった。ガルスニエルは、母の命日にこの部屋で過ごしたかったのだろう」

しばらく経って、エミリオンが口を開いた。私は、言葉に詰まった。

だから、少年は泣いていたのだ。すっかり様変わりしてしまった母の部屋を見て。

「好き勝手言ってしまい、大変申し訳ありませんでした」

「国を発展させるために、弟の表情を確認している余裕がなかったのも事実だ。こちらこそ、あなたに迷惑をかけてしまい申し訳なかった」

両親が亡くなってから、たった一人の王として君臨するために、幼い弟に干渉している暇がなかったのだ。大きな事業を抱え、小国と呼ばれる自国を成長させるために、自分の感情を捨てるしかなかった男の苦労を私は知らない。

「ご両親を、弔う機会はあったのですか？」

「葬儀以降は、何もしていないな」

「彼にも、あなたにも、ご両親を弔う機会を作りましょう。私の母は、生きておりますけれど、祖国から離れる時に、母にお別れの挨拶ができなかったのが心残りですから」

泣くまいと必死に耐えて、私はエミリオンに言った。

すると、エミリオンは、出会ってから初めて私に優しく微笑《ほほえ》んだ。

「何度も差し出がましいとは存じますが、陛下。ガルスニエル王子を離宮に送るのは、悪手だと思います。それに、このまま、私と王子の間に不仲説が流れてしまえば、旧体制派が手をこまねいて、あなたの弟を王にしたいと祭り上げるのではないですか？」

エミリオンは、私の意見に驚いたような表情を浮かべた。

「あなたが、この城の内部事情をしっかり把握しているとは思わなかった」

「私が、金遣いの荒い義母殺しのドルマン女だと思っていたのですね」

私は、この国に来てから初めて、エミリオンに落ち着いた気持ちで話しかけていた。

「正直に言えば、そうだ」

エミリオンは、嘘《うそ》をつかなかった。そして、私にとって意外な言葉を続けた。

「あなたは義母を殺そうとしたりはしていないのだろう？」

「祖国では信じてくれる者は、おりませんでした」

「王位継承権を手に入れるために身内を殺そうとする人間は、自分の部屋に侵入した子供を椅子に座らせ、膝に毛布をかけてあげたうえに、お茶まで出さないはずだ」

暖炉の前に二つ並んでいる椅子と、その上に放置されたままの毛布。そして、床に散らばったカップと濡《ぬ》れた絨毯《じゅうたん》に視線を移したエミリオンが、静かに呟《つぶや》いた。

その時、私は自分の胸の中に何か熱いものが走るのを感じた。

しかし、私はその正体が、どのようなものなのか分からなかった。

＊＊＊

オルテル公爵夫妻が、応接間で床に頭が付くほど頭を下げて謝罪の言葉を述べている。

「この度は、誠に申し訳ございませんでした。我が娘が、ご就寝中のジョジュ様の部屋に忍び込むなど、あってはならないことです」

泣きはらした顔のアルムも、両親と一緒になって頭を下げさせられていた。

「顔を上げてください。子供のしたことではありませんか」

私の言葉に、オルテル公爵夫妻は、あからさまにホッとしたような表情を浮かべた。

「ですが、度重なるいたずらに我慢できるほど、私もできた大人ではありません」

「ジョジュ様の、おっしゃる通りでございます」

「一つ提案があります。アルムさんをしつけ直す名目で、今日一日、お預かりさせていただけますか？」

私の提案にオルテル公爵夫妻は驚いたようだったが、最も驚いているのはアルム自身だった。

「ジョジュ様、ですが、アルムは……」

「オルテル公爵。もし、彼女が本当に反省しているのでありましたら、もう二度と私の部屋へ夜中に侵入するといった愚かな行為はしないでしょう。そして、私への忠誠心も見せるのではありませんか？　それを承諾していただけるのでしたら、今回の件は不問といたします。それとも異国から来たいわくつきの王女に娘を預けるのは不安でしょうか？」

「一度ならず二度までも、寛大なお心に感謝いたします」

「オルテル公爵。三度目はありません」

しっかりとクギをさすと、オルテル公爵が娘に視線を向けた。

これ以上娘に足を引っ張られてたまるかといった表情だった。穏やかそうな性格に見えたが、なかなかの狸《たぬき》具合だ。

アルムは私と両親との間で板挟みになっていたが、意を決したように私に向かって頭を下げた。

「承知しました。もう二度とあのような愚かな真似《まね》はいたしません」

アルムの謝罪を、私は快く受け入れた。

オルテル公爵夫妻が部屋を出ていった後、残されたアルムは「王女様、どうしてですか？」と遠慮がちに私に尋ねた。私はアルムの戸惑った質問を無視して「さあ、ガルスニエル王子のいる部屋へ案内してちょうだい」と指示を出した。

フローラが楽しそうにクスクスと笑っている。

アルムは呆気に取られたような表情を浮かべた後「わかりました」と私をガルスニエル

の部屋へと案内した。

＊＊＊

部屋の中は、散々に八つ当たりしたあとが残っていた。

ベッドはぐちゃぐちゃで、机の上にはインクがあちらこちらに飛び散っている。本棚に並んでいるはずの本は全て床に投げ捨てられ、花瓶も倒され破片と共に花と水が床にぶちまけられていた。

愛犬のフランが、居心地悪そうにベッドの端で座っている。さすがのガルスニエルも愛犬の周りだけは、荒らせなかったらしい。わずかな安全地帯で、困った、困ったと言わんばかりの表情を浮かべているように見えた。

「僕の部屋に来るな！」

ガルスニエルから予想通りの言葉が返ってきた。

しかし、私は「あら、あなただって昨晩私の部屋に入って来たじゃない。お互い様よ」と言い返してずけずけと部屋の中に入って行った。

「勝手に入るな！」

説得できるなどとは思っていない。無理やり連れて行く必要もない。ガルスニエルを連れていく方法は、最初から一つだけだ。

「ゴルヴァン」

「承知しました。王女様」

部屋の外に待機していたゴルヴァンが、ものすごい勢いでガルスニエルの愛犬フランに首輪とリードをつける。そして、鹿肉の燻製《くんせい》を、フランの鼻のそばに近づけた。

フランは鼻を少しヒクヒクさせた後、それが自分の大好物であると気がついた。

「さあ、フラン。行くぞ」

「バウ！」

肉をチラつかされたフランは、すっかり親友であるガルスニエルの存在を忘れ、口から涎《よだれ》を垂らしながら、ゴルヴァンと共に部屋を飛び出してしまった。

「フラン、どこへ行くんだ！　ゴルヴァン、戻ってこい！　命令だ！」

「大変申し訳ありません、殿下！　陛下の命令には背けません！」

遠くからゴルヴァンの謝罪の言葉を叫ぶ声が聞こえた。

「兄上が……？」

ガルスニエルが私に視線を向けたので「私の部屋でお待ちしていますね」と言葉を残して部屋を出た。ガシャンと大きな音がしたので振り返ったが、アルムが「大丈夫です」と私の手を引っ張ったのでいうことを聞いた。

自分の部屋に到着すると、満足げに鹿肉をくちゃくちゃと噛《か》んでいるフランと、城の中を全力疾走して、息を整えているゴルヴァンの姿があった。

「ゴルヴァン。ありがとう」

「と、とんでもないです。殿下には、このくらいの荒療治の方が、効果があるかもしれません。今までがひどすぎたのです」

今までガルスニエルに散々振り回されてきたゴルヴァンの本音らしく、アルムが「間違いないわ、ゴルヴァン」と同調した。

「アルム様。あなたもですけれどね」

息を整えたゴルヴァンの嘆きを聞きつつ「煽《あお》って終わりにならないといけれど……」と私は小さな声で呟いた。

そこが一番懸念している点だった。荒れ果てた部屋を思い出す。少年がどれだけ思い詰めていたかが、充分に分かる部屋だった。

鹿肉を食べ終わったフランが、鼻をヒクヒクさせながら他にも食べ物がないか探している。ゴルヴァンが「お座り」と指示を出すと、食べ物がもらえると思ったフランは尻尾を振りながら床に座った。

待つこと十数分。不機嫌な表情を浮かべた少年が、ノックもせずに私の部屋へやってきた。そして私の方へ歩み寄り、文句を言おうと口を開いた時、テーブルの上に並んでいる食事とそこに座っている人物を見て少年は動きを止めた。

「なぜ、兄上がここにいるのです？」

「私が、彼女やゴルヴァンにお前をここに連れて来るように頼んだのだ」

「今さら兄上は僕に話などないでしょう。それに、僕は、フランを取り戻しに来ただけですから」

「フランは、まだ動く気はなさそうだがな」

エミリオンの言葉に誘導されて、ガルスニエルは視線を愛犬に移した。

フランは、ゴルヴァンから貰《もら》った新しい鹿肉の燻製に、満足げにかじりついていた。

愛犬がお気に入りの肉をかじっている間は、テコでも動かない性質をよく知っているらしいガルスニエルは、「フランが燻製を食べ終えるまでです」と椅子に座った。

長い間会話をしてこなかった兄弟は、しばらく沈黙した状態でお互い向き合っていた。

私は彼らの間に、一切入らないと決めていた。私が入れば、余計にこじれるのは目に見えている。

フローラが大量の花を持ったメイドたちを連れて、私の部屋へ入ってきた。その花を見た瞬間、ガルスニエルは嗚咽《おえつ》し始めた。亡き先代王妃ロザリアの最もお気に入りである、バラの花だったからだろう。

フローラはメイドたちと共に、私の部屋をバラで飾り付けている。

「兄上は、もう父上と母上を忘れてしまったのかと思いました」

「私は、両親を一度も忘れたことはない。そして、母がこの部屋でお前を可愛《かわい》がっていたのも」

「では、どうしてこの女……いえ、彼女に部屋を明け渡してしまったのですか」

ガルスニエルは兄に気を使って私を「彼女」と言い直した。

「お前は、時々自分が王族であるのを失念する傾向があるので言っておくが、この部屋は元来王妃となる人物が使用する部屋だ。決して、母の所有物ではない。もちろん、彼女の所有物でもないが、今は彼女が使用している部屋だ」

ガルスニエルが、黙って話を聞いていたので、エミリオンは言葉を続けた。

「だが、時々であれば、この部屋を訪れてもよいと彼女が許可を出した。賢いお前なら、もうこの部屋を母のものだと主張はしまいな?」

「わ、分かっております」

静かな時間が流れていた。燻製を食べ終えたフランが、ガルスニエルの手をペロペロと舐《な》めた。

しかし、ガルスニエルは席から立ち上がろうとはしなかった。

＊＊＊

結局ガルスニエルは離宮には行かず、ニックス城へ留《とど》まることとなった。即位してから振り返る余裕のなかった弟との時間を、取り戻す方が優先だとエミリオンも判断したようだった。

朝食だけはエミリオンとガルスニエルの二人で取ると決めたらしい。ゴルヴァンがわざわざ私の部屋までやって来て、こっそりと教えてくれた。

二人は、次第に兄弟の絆《きずな》を取り戻しているように見えた。

「お手柄でしたわね。ジョジュ様」

中庭で一緒に歩いている兄弟の様子を、自分の部屋の窓から眺めている私に、フローラが声をかけてきた。

「いいえ、私は何もしていないわ」

「ご謙遜が過ぎます。あれほどまでに、お二人が仲良くお話をされている姿を、私はここ数年一度も拝見しておりません」

フローラはそう言って涙ぐんでいる。

身支度をしたり、新聞を読んだり、しばらく自室で過ごしていると、コンコンとノックの音が聞こえた。アルムがやってきたのだろうと「どうぞ」と返事をした。

「王女様、失礼いたします」

そこに立っていたのは、アルムだけではなかった。

「兄上が、お前を見張る件について、ご許可を下さった」

先日までこの部屋で号泣していた少年は、ずかずかと部屋の中へ入ってくると私の方を見た。

「やり直しよ。ガルスニエル。人を見張る前に、王族としての対応が全くなっていないわ」

アルムに注意されて、ガルスニエルは「僕に指図するな」と言いつつも、扉の前に立ちなおし「失礼します」と最低限の挨拶をして、部屋の中に入り直した。

離宮行きを再度命じられるのが、相当嫌なのだろう。

「二人にお願いがあるのだけど。明日から、財務部で仕事をするの。その前に、色々城の中を把握しておきたいのよ。見張りがてら二人とも案内してくれますか？」

私の言葉に、アルムが「承知しました」と答えた。そして、ガルスニエルは「まだ、城の中を把握していないのですか？」と嫌みたらしく答えるのだった。

# 第四章　不必要な資金

「ドルマン王国といえば、かの有名なアンギャルト・ダジュベル氏という数学者がおられますが、妃殿下はご存じでいらっしゃいますか？」

一時的な仕事をするためにエミリオンから指示を受け財務部へと向かった私に、開口一番に尋ねてきたのは、ロニーノ王国財務部、部長のエレーナ・アヴェリンだった。

若干二十六歳にして、国中の男たちを押し退けて王室初の財務部の女性部長に上り詰めたエレーナ。数字以外への興味は薄く、ボサボサの長い黒髪を三つ編みで一つにしており、分厚い眼鏡をかけている。

初日に挨拶をした際にも「はあ。どうぞよろしく」と数学書を片手に、軽く頭を下げただけだった。周囲の人間に無理やり挨拶をやり直しさせられていたのは、記憶に新しい。

「い、いえ。存じ上げなくて大変申し訳ないですが……」

彼女に興味を持たれて話しかけられるとは思っていなかった私は、たどたどしく返事をした。

「そうですか。残念です。彼が発表したばかりのポルシェルトの公式について、ご存じであれば、妃殿下の見解をおうかがいしたかったのですが。あ、ポルシェルトの公式についての説明については割愛させていただきます。かの有名なアンギャルト・ダジュベル氏をご存じないとすると、新公式について語ったところで、ご理解は得られないと判断させていただきます」

エレーナの言っている内容が一つも理解できずに、私は愛想笑いを浮かべながら相槌《あいづち》を打った。口数が少ない性格かと思っていたが、専門分野や仕事の話など、自分の興味の対象になると饒舌《じょうぜつ》になるようだ。

「それと、こちらの予算に誤りや、おかしなところがあれば、訂正していただけますか？　お手数をおかけ致しますが、どうぞよろしく」

「……わかりました」

机の上に積まれている大量の資料を見て、本当に今日中に終わるのだろうかと不安になった時だった。

「ちょっと、部長！　あんたじゃあるまいしこんな量、一日で終わるわけがないじゃないですか！」

部屋に入ってきたばかりの副部長のルドルフ・イーゴリが、私の机の上にある大量の資料を指差して大きな声を上げた。

「イーゴリ君。副部長である君が言いたいのは、私が妃殿下の能力を低く見積もっているといった解釈で合っているだろうか？」

部下に指摘を受けて、分かりやすいほど機嫌を損ねたエレーナが、手に持っていた書籍を机の上に置いてルドルフへと詰め寄る。

「そうじゃなくて、お渡しする仕事量としては狂っているでしょって話ですよ。話通じていますか？」

「はあ。我が財務部副部長よ、これ以上妃殿下の前で痴態を晒《さら》すのは、やめていただきたい。我々は、国王より仕事の際には王族ではなく一人の女性として扱って欲しいと依頼を受けている。彼女の能力を測るためには、ある程度の仕事量を渡して、どのくらい終わらなかったかを確認する方が非常に合理的だと私は思うのだが。何か間違ったことを言っているのであれば、その鋭い頭脳で私が納得できるような反論を今すぐ述べてくれたまえ」

「分かりましたよ。陛下のご命令なんですね」

これ以上はめんどうだと思ったらしいルドルフは、エレーナに念を押した。

「まあ、冗談だけどな。本当は、この数枚を確認していただければよい」

冗談なのであれば、今までのやり取りは一体何だったのだろうか。

「……本当、給与がよくなかったら、絶対に辞めてる」

ルドルフは、短く後ろを刈り上げた栗色《くりいろ》の髪の毛をくしゃりとかきあげて、深いため息をついている。

どうやら全部をやらなくてもよいのだと分かり、少しばかりホッとした。エレーナは返事の代わりに既に仕事を始めていた。

ルドルフは私へ「では、お昼頃までによろしくお願いします」と数枚の書類を渡した後、自分の机の方へと戻っていった。

財務部には、エレーナとルドルフの他に三人の男性が働いている。彼らは私の姿を見つけると慌てたように頭を下げて逃げるように自分の机に座った。あまり好意的に受け入れられているようではなかった。

私も自分の席に座って、渡された資料を確認する。そこに記載されていたのは、本年度の私に使われる予定の予算であった。本来この城における財務部の役割としては、王宮が使用する資金の調達のはずだ。

しかし、私に期待する仕事内容はそれと同じではないらしい。

ドルマン王国で横領を行っていたと噂《うわさ》を聞きつけた誰かが、私に誤った金銭感覚を戻させようとしているのか、自分にはこれだけの費用がかけられているのだといった皮肉なのかはわからない。もしかしたら、私の反応を見ることで、今後の対応を決めようとしているのかもしれない。

ペンにインクをつけて、私は資料に記載されている数字の上に思い切り線を引いた。正直な感想として、予算をかけすぎだと思ったからだ。決してロニーノ王国を低く見ているつもりはない。

事実として、この王国はドルマン王国に比べると、生活水準の低い者が多い。貴族に関しても、ドルマン王国有数の貴族に比べれば、ロニーノ王国の貴族たちの生活は質素に見えるほどだ。

それにもかかわらず、現状の予算はどう考えても、ロニーノ王国の貴族たちの水準よりはるかに高いように見受けられた。税金や投資でいくら稼いだところで、あっという間に王宮の財布は枯渇してしまうだろう。

削りすぎたかと思うくらいに横線を引いた。ミスがないか、何度も確認した後、私はエレーナの座っている席に書類を持って行った。

受け取った資料に目を通したエレーナは、悪戯《いたずら》っぽい表情を浮かべた。

「妃殿下は、お噂に比べてずいぶんと控えめなご予算で満足されるのですね」

「どう考えても、この予算では国が破産してしまいます。それに、私の噂にお詳しい方がいらっしゃるようですね。出所を教えて頂けましたら、そのお方に直接訂正してまいります」

「おやおや、財務部副部長であるルドルフ君。君の仕入れた噂は、どうやらいたく間違いがあるらしい」

ルドルフは決まりが悪そうな表情を浮かべた後「試すような真似《まね》をしまして、大変申し訳ありませんでした。妃殿下」と頭を下げた。

「にしても、削りすぎです。妃殿下は、数か月後に戴冠式があるのをお忘れで？　そのうえに、晩餐会《ばんさん》やら舞踏会やら、その他イベントが目白押しですから、使わざるを得ないという方が正しい表現ですよ。かけるところには、しっかりかけていかないと、貴族にも国民にも侮られることになります」

エレーナは、私の引いた斜線の上から、赤いインクで数字を書き直していく。初めに渡された予算にはさすがにいかなかったが、それでも相当な予算を私にかけるつもりのようだ。

「もう少し工夫してどうにかならないかしら？　例えば、宝飾費に関しては、イベントの度に新しい物を買うのではなくて、一度しっかりしたものを購入して長く使った方が、王妃としてのシンボルマークにもなるだろうし」

「そういうものでしょうか？」

「受け継がれてきた品物は、王家にしかない貴重な物になるわ。威厳を示すことにも繫《つな》がると思うの」

「なるほど。では、そのお言葉を信じて、もう少し予算を削りましょう。ちなみに、こちらの資料に関しては、どう思われますか？」

エレーナから渡された資料に私は目を通す。

「これは、本年度のニックス城の予算ね」

「本来は、陛下と大臣、そして我々以外には閲覧禁止なのです。妃殿下のまとも以上の金銭感覚が発覚しましたので、ぜひとも特別にアドバイスを頂きたいなと」

私は、もう一度資料をじっくり眺めた。

「これは削るところはないわ」

「なぜです？　妃殿下のお言葉によれば、もう少し国民のために軽減できると私は思う時があるのですが」

私の言葉を聞いて、エレーナは分かりやすく試してくる。

「幅を占めているのは、ほとんど人件費よね。王室の権威を盤石にしたいのであれば、絶対に人件費は削ってはならないわ。安い賃金で働かせれば確かに一見赤字は回避できるかもしれない。でも、正当な報酬が得られなければ、人は手を抜くし、離れていく。人件費を安く見積もって悲惨な状況になった上の立場の人を私は何人も見てきている。これは、私の宝飾費や被服費とは種類が違うから、削るべきではないわ」

ドルマン王国で同じ内容を言った時「人などいくらでも代わりはいる」と一蹴された。

けれど、私の考えは変わらない。人は物ではない。

「陛下と全く同じことをおっしゃるのですね」

エミリオンと同じだと言われて、心臓がドキッと跳ねた。

「陛下もあまり自分にご予算はかけられません」

「陛下も同じことを？」

「我々からすれば、城で働くのは給与が高くてありがたいですが。陛下もあまり自分にご予算はかけられません」

「そのために、この財務部は資金調達の面を担っているのね。よくできた仕組みだわ」

「色々お噂はありますが、私は妃殿下が王妃になるのが、少し楽しみになってまいりました。陛下と妃殿下はお似合いのお二人だと思いますよ」

＊＊＊

私を披露するための晩餐会は落ち着きを見せ、食事はすべて自分の部屋で取れるようになった。

エミリオンと共に過ごす時間は少ないが、政略結婚などそのようなものだろう。

元々、「私に愛を求めるな」と言われているくらいだ。気にしても仕方がない。

それに、エミリオンは先週から国の最北にある漁村ネスコまで出かけてしまっているので、城に不在だ。

路線拡大のための事業に注力している彼は、今後も城を不在にする機会が多いだろう。

世継ぎ問題に関しても、口うるさく言ってくる人物は今のところいない。エミリオンが、自分の興味のある事業に集中している間は、気にしなくてもよさそうだ。

コンコンとノックの音がして、私が「どうぞ」と答えると、いつも通りガルスニエルとアルムが部屋へと入って来た。昼食を一緒に取る約束をしていたのだ。

アルムに関してはガルスニエル問題が解決した時に、無理に部屋に来なくてもよいと言った。

しかし、アルム自身が継続して、私のそばにいるのを望んだのだ。どうやら、私が話すドルマン王国の物語に興味があるらしい。

ガルスニエルはともかくとして、アルムの知識量はすばらしかった。特に物語の分野にかけては、この国だけでなくドルマン王国でも敵《かな》う少女はいないのではないかと思うほどだ。

「いつか、世界中を旅して、自分の作った物語を舞台にするのが夢なんです」

両親が聞いたら卒倒しそうな夢については、私とアルムの秘密にしようと声をかけておいた。

「僕は、兄上をお支えするんだ。王族だからな」

負けじとアルムに張り合うガルスニエルは、まだまだ勉強することが多そうな印象だ。

使用人たちが、盆の上に食事を載せて、部屋の中へ運んでくる。焼き立てのパンと、漁村ネスコから直送された魚のバター焼きの良《い》い香りがした。

「今日は、ずいぶんと遅かったではありませんか。義姉上《あねうえ》」

ガルスニエルの私への呼び方が、いつの間にか「お前」から「義姉上」に変わっていた。

「今日は財務部での仕事があったのよ」

テーブルナプキンを膝の上に置きながら、私は答えた。

「どうして、王族がそのような仕事をするのです？」

時に子供というのは、大人顔負けのストレートさで質問をぶつけてくる時がある。

私は、「陛下が、私にこの国について学ぶチャンスをくださったのよ」と当たり障りのない回答で誤魔化した。

少年は納得いかなそうな表情を浮かべていたが、口をつぐんだ。食事中のおしゃべりに厳しいバルジャン公爵が、目を光らせていたからである。

エミリオンが不在の間は、ロディ・バルジャン公爵が、私の相手役として補佐してくれている。

ほとんどガルスニエルとアルムのせいではあるものの、トラブル続きであったため、オルテル公爵は私の相手役として距離を置かされてしまったようだった。

愛想のよいオルテル公爵とは異なり、バルジャン公爵はあまり愛想のない性格の持ち主だ。私に会いに来た時も、最低限の自己紹介をしただけで、業務に関わること以外は話したくない様子だった。

大丈夫なのか不安になってフローラにこっそり確認した。

「彼の母親がカルロフ家の出身で、旧体制派に実家が所属しているのです。だから、あまり自分自身について話をしたくないのでしょう」

「旧体制派と繋がりがあるのですか？」

「バルジャン公爵は幼い頃から陛下に忠誠を誓っていらっしゃるお方ですので、ご安心して大丈夫かと思います。絶対に」

フローラは、特に「絶対」と言葉に力を込めて答えた。

昼食を終えた後、バルジャン公爵は自分で作成したらしい私たちの予定表を確認した。

「お食事後は、ガルスニエル様とアルム様はお勉強を、ジョジュ様は、財務部に戻られるといった認識でよろしいですね」

彼の言葉に、私とガルスニエル、アルムはそれぞれ黙って頷《うなず》いた。三人とも、張り詰めた空気を作り出すバルジャン公爵が、あまり得意ではないのだ。

ガルスニエルたちをゴルヴァン公爵が迎えに来た後、幾人かの衛兵に付き添われ、私はバルジャン公爵と共に財務部に向かった。

「予算の件お伺いいたしました。国民のためを思い、ご自身の必要経費まで削除しようとしたと、城中で話題になっております」

「え、ええ。ありがとうございます」

バルジャン公爵が、オルテル公爵のように自ら話題を持ってきたのは初めてだったので、私は言葉に詰まってしまった。

しかし、バルジャン公爵はあまり気にしていないようで、話しながら歩き続けている。

「私は心配していたのでございます。気を悪くしないでいただきたいのですが、自国で悪評のあるあなた様が、せっかく陛下が懸命に立て直したこの国を荒らしてしまうのではないかと……」

「そのような真似はするつもりはありません」

「今のところ、そのようにお見受けいたします。ガルスニエル王子が、あのような子供らしさを取り戻している姿を拝見したのは、数年ぶりでございますから。また、陛下とご兄弟睦《むつ》まじく歩いていらっしゃるのは、まことに感慨深く存じます。ああ、弟君に微笑《ほほえ》むあの慈悲深いお顔を思い出すだけでも涙があふれそうだ」

フローラの「絶対に」という言葉が脳裏に蘇《よみがえ》る。

同時に、私はバルジャン公爵への印象を改めなければならないようだった。

「バルジャン公爵は、陛下をお慕いしていらっしゃるのですね」

「お慕い？　とんでもない！　私めを陛下と同列で語るなどあってはならないのです」

どうやら、バルジャン公爵は、熱烈なエミリオン信者らしい。国民もそうだが、エミリオンは一部の人間を、自らの熱狂的な信奉者にする技術に長《た》けているらしかった。

「陛下は素晴らしいお方です。若くして王位に君臨され、黙っていてもあふれ出るカリスマ性。あの方がいらっしゃるので、私はあの地獄のような家族から解き放たれることができました」

過去に何があったのだろうか。

「財務部はこちらですね」

質問しようとした時、バルジャン公爵が、途端に我に返ったので機会を逃してしまった。

＊＊＊

浮いた予算の使い道に関して、エミリオンの指示が漁村ネスコから私の元へ届いたのは、数日後であった。

「どうやら、陛下はこの浮いた予算も含めて、国の財源で国民のために何か妃殿下発信で運用してみてはと提案されていらっしゃるようですね」

届いた書状を私に差し出しながら、エレーナが楽しそうな表情を浮かべて言った。

「私一人で決めてしまってよろしいのですか？」

ドルマン王国では、すでに分配された予算であっても、何か新しいことを始めるには必ず大臣たちの承認を得なければならなかった。また、その申請は必ずしも通るとは限らなかった。

「ここは、ドルマンではなくロニーノですよ。妃殿下、陛下がよいと言えばよいのが、ロニーノのよいところです」

エレーナは私の考えを読んだようで、自分の書類の山をポンポンと叩《たた》きながら言った。

「ですが、どのような形で国民に……」

「それを考えるのが、陛下からの宿題かと。他国でどのような噂《うわさ》が流れているのか知りませんが、ヴィッサリオン前王とは異なり、エミリオン王は能力の高い人間には、身分や立場関係なく重要な仕事を任せてくださいます。この宿題も、妃殿下の能力を認めつつ、どこまでできるか見定めようとしているのでしょうね」

祖国で起こった事件によって、私はひどく自尊心が傷ついていた。

しかし、ドルマン王国で私は、将来の女王として学んできているものも多い。エミリオンは、そのことに気が付いているのかもしれなかった。

どのような意図だとしても、エミリオンが国の運営の一部を私に預けてもいいと認めてくれたのは嬉《うれ》しかった。

「少し、考える時間をいただけますか?」

高揚する気持ちをなんとか抑えながら、私はエレーナに言った。

「ええ、国民のためと申しましても、なかなかに限られた予算ですから、提案をまとめるのは容易ではないでしょう」

「ありがとう」

「妃殿下には、しばらくこの件を最優先でお願いしたいですね。働く場所に関しては、この室内に限らないとお伝えしておきます。あ、決して部下たちが王族のいるおかげで委縮して本来のパフォーマンスを発揮できないから困っているとか、そういった話ではありませんので、あしからず」

後半の方が本音に聞こえなくもなかったが、私は了承して部屋を後にし、図書室へと向かった。

本の管理を任されている使用人は、予期せぬ来客に驚いていた。

オルテル公爵の案内で図書室を訪れた時はゆっくり滞在する暇はなかったが、今日は夕食まで時間がある。

私は、まずは棚ごとにゆっくりと見て回った。どのような本が、どこに配置されているのか分からないことには、調べ物が満足にできないと思ったからだ。

金の模様が描かれている白い壁に埋め込まれるようにして、たくさんの本が種類別に並んでいる。『ロニーノ王国の今昔』、『プルペの街』、『レックス家の歴史』など、背表紙に書かれた文字を眺めながら、ゆっくりと歩き回った。

静かな部屋のなかで、コツコツと私の靴の音だけが響き渡っている。

「あそこの本棚は？」

後から設置されたのだろうか。部屋の端に孤立して置かれている本棚を指さして、私は尋ねた。

壁に控えていた使用人が「そちらは、陛下のお気に入りの書物でございます」と答えた。

書物の種類は様々で、難しそうな経済書からロニーノ王国の法律全書まであった。そして中には、私がドルマン王国にいた時に気に入って読んでいた物語もいくつかあった。

その中に最もお気に入りの『太陽王と砂漠姫』という作品を見つけた。アダブランカ王国出身の女性作家の作品である。

エミリオンもこの本を読んだのだろうかと、気持ちが高ぶった。

もし、読んでいるのだとしたら、少しは気が合うところもあるかもしれないと思った。

＊＊＊

結局一日図書室にこもるだけでは、良い案を思いつけなかった。私は、次の日も図書室で過ごすと決めた。時折、財務部に足を運んでは、エレーナに過去の帳簿を見せてもらうこともあった。何が国民にとって必要なものであるか考えるが、あれもこれも必要な気がして、考えがまとまらない。

私が、あまりに一生懸命調べ物をしているからだろうか。それにつられたガルスニエルとアルムまでもが、空いている時間を図書室で過ごすことが多くなった。

バルジャン公爵にも尋ねてみたが、エミリオンが最も注力している鉄道事業への投資をおすすめされただけだった。

しかし、エミリオンが行っている事業に金をつぎ込んだところで、私自身の国民に対する考えを見たいといったエミリオンの意図とは外れてしまう気がしてならなかった。

もう既に何度読んだか分からない『ロニーノ王国の歴史』のページを、パラパラとめくる。私は目に見えない国民たちの生活を想像しては、彼らが必要とするものを考えるが、やはり答えは出なかった。

その日の夜、私は息抜きに読もうとしていた書籍を図書室に忘れてきてしまったのを寝る直前に思い出した。

扉の前に控えているはずの衛兵に一緒に来てもらおうとしたが、どうやら交代の時間だったらしい。そこには、誰もいなかった。

私は、こっそりと部屋を抜け出して、図書室を目指して歩き始めた。

真夜中の城は、特に冷える。冷たい廊下を歩く中、私の吐息が白く天井へと上がっていく。

図書室に到着すると、扉が開きっぱなしになっていた。燭台《しょくだい》を掲げ、テーブルの上に置き忘れている書籍を手に取った。早く部屋に戻らなくてはと、図書室を後にしようとした時だった。

低い声が遠くから聞こえて、私は慌ててロウソクの火を吹き消し、エミリオンの本棚の陰に隠れた。こんな時間に一人で部屋を抜け出していると分かれば、私を敵視している人間からあらぬ疑いをかけられるかもしれない。

ヒソヒソと話す声はだんだん近づいてきて、図書室の中へ入ってきた。

声の主は、話したことがない人物だった。

暗闇の中、月明かりだけで顔を見ようとするが、私の存在が見つかってしまう可能性があるため、身動きが出来なかった。大人しく息を押し殺して、会話に耳をそばだてる。

「もはやあいつを始末することは不可能になった」

「エミリオンがベンケンドルフを隔離したせいで、始末しようにも行方が分からず……」

「それがどういうことか理解しているか？　つまり、あのドルマン女の荷物を駅で盗み、燃やしたのも、奴の仕業だとばれているのだ。だから、大声で自己主張したいだけの奴を我々の仲間として迎え入れるのはやめろと注意したのだ」

「大変申し訳ございません。でもどうして、ベンケンドルフだとばれたのでしょうか？」

「ガルスニエル殿下の仕業に見せかける予定だったが、我々が手をこまねいている間に、あの女が殿下を取り込んでしまったからな。殿下が、王女の荷物を燃やした人物がいるとエミリオンに報告したらしい」

「なるほど。犯人を探させた結果、ベンケンドルフが捕まったのですね」

「忌々しいドルマン女め。せっかくうまく誘導し、兄を憎むように仕組んだのに。それも台無しだ」

「我々もいずれ見つかってしまうのでしょうか？」

「いらぬ心配をする前に、この結婚を破談にさせ、あの男を玉座から引きずり降ろす方法を一つでも考えるんだな。あのお方は非常にお怒りだ」

男たちはそれだけ会話すると、図書室から出て行ってしまった。

物音一つしなくなった後、私は立ち上がって、そっと辺りを見回した。

ベンケンドルフ伯爵が、私の荷物を盗み、燃やした犯人だった。

分からないことが多すぎて、私は持っていた本をぎゅっと抱きしめた。

ただ一つ分かったのは、エミリオンを玉座から引きずり降ろすために結婚を破談にさせようとしている者が、ニックス城の中に最低でも三人いることだった。

＊＊＊

頭痛の種が一つ増えた次の日。私の悩みは意外なところで解決した。

予算の使い道について考えるようになってから、私は毎朝ロニーノ王国で発行されている新聞の見出しだけ、辞書を使いながら読むようにしていた。ロニガル語の勉強にもなる上に、世間で何が起こっているのかも分かるので、この習慣は今後も続けていこうと考えている。

「プルペの市街で、大きな事故があったらしいわ。卵を載せた馬車が横転して、巻き込まれた馬車がいくつかあるみたいなの」

新聞の見出しの内容を誰かと共有したくて、私の髪の毛を編み込んでいるフローラへと話題を投げかけた。

「中心地以外は、整備されていないところも多いですから。それで料理長が、今朝の卵はものすごく高かったと嘆いていたのですね」

「……それだわ！」

突然大声を出したので、フローラは驚いて一歩下がり、私の髪の毛を引っ張ってしまった。

「ジョジュ様！　大変申し訳ありません！」

「大丈夫よ」

慌てて謝罪の言葉を述べるフローラを宥《なだ》めると、私はもう一度視線を新聞に戻した。

「ロニーノ王国には、そういった危ない道がいくつもあるの？」

「確かに、古くからある道の舗装はあまり整備されていないように思います。ですが、私の若い頃と比較すれば、まだマシです」

フローラの昔話を聞いた後、私はバルジャン公爵に外出の申請をエミリオンに出してほしいと命令した。

「ジョジュ様、どういうおつもりですか？　公務以外に外へ出るなど、あなたは自分の身分をご理解していらっしゃるのですか？」

「充分に分かっているけれど、陛下から出していただいた予算の使い道の件で、私はしっかりと結果を出したいのです。大事な予算を使うのだから、街に出て実際の様子を知った方がよいと気付いたの」

「ですが、それはあまりにも無茶な命令です」

「バルジャン公爵。陛下と共に国を想《おも》うあなたなら、気持ちを分かってくれると思って相談しているのです」

短い付き合いではあるが、バルジャン公爵が何を言われると弱いのかだけは、把握している。

「分かりました。確認は取りますが、陛下はお許しにならないと思います」

予想した通り、バルジャンはエミリオンに確認を取るために、部屋を出て行った。

その後、私は護衛を引き連れて、オルテル公爵の元へと向かった。先日の図書室での件を、報告しようと思ったのだ。

バルジャン公爵に報告してもよかったが、図書室の件を話してしまえば、外出の許可が貰《もら》えなくなってしまいそうだ。その点オルテル公爵は、アルムの件で貸しがあるので、うまく立ち回ってくれそうである。

「どうされたのですか？」

予期せぬ王妃の来訪に、オルテル公爵は、また娘が何かしでかしたのかと戸惑っているようだった。私は手短に、図書室の件について伝えた。

「護衛もつけず出歩くなんて！」

オルテル公爵が、信じられないと顔をしかめた時だった。

「これは、これは。妃殿下ではありませんか」

たまたま通りかかったのか、あえて姿を見せに来たのか。カルロフ大司教が、オルテル公爵の背後から姿を現した。

「カルロフ大司教」

「妃殿下は、積極的にニックス城の中を動き回るのがお好きなようですね。薄暗い我が国にも、活気が戻って来たようでなによりです」

「おかげさまで、だいぶ城の中も覚えてまいりました」

「それは、素晴らしい。ですが、お気を付けください。夜中の城は、昼間の城とは違う顔を持っております。特に図書室などは、密会のお約束の場所ですから」

「そうなのですね。夜中に出歩く必要がありませんので、存じ上げませんでしたわ」

カルロフ大司教が含みのある言い方をしてきたので、私は分かっていないふりをした。

腹に一物を抱えている老人は、見定めるような冷たい視線を私に送る。

「そういえば、妃殿下。先日したお願いにつきまして、私自身で解決できそうですので、お忘れください」

素っ気なく言うと、カルロフ大司教は「私はこれで」と去っていってしまった。後ろについているカルロフ大司教の護衛たちが、私の方をちらりと一瞥《いちべつ》した。

どうやら私は彼の中で旧体制派とは敵対している人物であると見限られたようだ。派閥争いに関わりたくなかったが、もう既に片足を突っ込んでしまっているらしい。

「妃殿下、お願いとはなんです？」

カルロフ大司教たちの姿が見えなくなった後、オルテル公爵が静かに言った。

私は、ロニーノ王国に来た初日、カルロフ大司教に言われた「お願い」について、正直に話した。話を聞いたオルテル公爵は、まるで娘のアルムを叱る時のように、私に厳しい視線を送った。

「これ以上、危ない場所へ首を突っ込むのはおやめください。陛下は城の中で起こっている反逆の芽について、充分に把握されております」

オルテル公爵のもっともな言い分に、私は大人しく頷《うなず》くしかなかった。

＊＊＊

エミリオンからバルジャン公爵に通達の文書が届いたのは、それから数日後の朝だった。

日付指定の護衛付きの外出ではあるが、エミリオンの許可が下りたのだ。

「まさか、陛下がお許しになるなんて……なんと寛大なお方なのだ」

バルジャン公爵は、届けられた通達の文書に書かれているエミリオンの文字が「相変わらず、お美しい」と感動している。

私は、フローラにすぐに出発の準備を始めるよう指示を出した。

なぜなら、その日付は今日のものであったからだ。

急いで準備をして城の裏門に出ると、そこにはニックス城にやってくる時に乗った馬車よりも簡素な馬車が一台止まっていた。今まで乗ってきた馬車の中で最もみすぼらしい馬車であったが、私は気にせずに向かった。

「あのような馬車に乗るのですか？」

一緒に歩いてきたフローラが「一国の王妃となるお方が乗る馬車ではありません」と非難めいた声をあげた。

「これでいいのよ。フローラ。陛下は、視察というものをよく分かっていらっしゃるようだわ。それに、中身はけっこうマシな様子よ」

身分を隠して視察をするのだから、身分が高いと怪しまれるような馬車ではいけない。

「妃殿下は、こちらへ」

衛兵に手を貸され馬車に乗り込んだ瞬間、私は予期せぬ同行者に固まってしまった。

なぜなら、私が座るはずの席の向かいに腰かけていたのは、まぎれもなくエミリオンだったからだ。

# 第五章　中心都市プルペの視察

「視察といったな。最初はどこへ向かえばいい？」

城を出発する前、馬車の中で固まっている私に、エミリオンは尋ねた。久しぶりに見るエミリオンは、少し痩せた上に疲れているように見えた。

「ま、まずは街を一周し、その後、事故があった付近を確認しようと考えております」

「わかった。市街に向かってくれ」

エミリオンの合図とともに、馬車が動き始める。見送りに来ていたフローラや他の使用人たちが頭を下げている様子が、馬車の窓から見えた。

「どうして、陛下がご一緒なのですか？」と質問を投げかけたいところだったが、腕を組んで眉を顰《ひそ》め、じっと窓の外を眺めているエミリオンに尋ねられるはずもない。

ガルスニエル事件の時は、怒りに感情を任せていたので気にせず話ができた。

だが、今はあの時と状況が違う。私は、重たい空気の中、黙って座っていた。

馬車が進み、街に近づいてきた時だった。

「あなたといくつか直接話したいと思い、私も同行することにした」

唐突にエミリオンに声をかけられて、私は慌てて「はい。陛下」と答えた。

「あなたが、国民の生活を知るために、こういった行動を起こすとは思ってもいなかった」

「陛下に予算の一部を任せていただけたと、嬉《うれ》しかったのです」

私は、正直に自分の気持ちを伝えた。

「ロニーノ王国の王妃として信頼できるに値するとの報告が、財務部から上がってきたものでな。財務部長が人を褒めるのは珍しい。少し、あなたがどのような仕事をするのか見たくなったのだ」

「ご期待に沿えるよう、善処いたします」

「ところで、オルテル公爵から報告があったのだが、夜中の図書室で密会していた男たちは、顔を見たのか？」

「いいえ。顔は見えませんでした。ガルスニエル王子を懐柔し損ねたと、ひどく怒っている様子でした」

「オルテル公爵にも言われたと思うが、夜中でなくても一人で行動するのはやめてくれ」

「承知しました。申し訳ありません」

「叱っているのではない。ここで止めろ」

エミリオンが声をあげると、馬車は人気の少ない路地に止まった。

エミリオンは「ここから先は、二人でいい」と護衛に待機するよう指示を出した。

まさか、エミリオンと二人きりで街を歩くと思っていなかった私は「護衛もつけずに、大丈夫なのですか？」と尋ねる。

彼らも、明らかに戸惑っていた。護衛がついていたとしても、彼らは口を挟まないので気まずいことに変わりはないが、二人きりで重たい雰囲気の中、過ごすよりはマシだと思った。

「視察をするのに、大所帯で行く必要はない。それに、護衛をつけていれば、身分の高いものだと目をつけられる」

「ですが……」

「フードを深くかぶるんだ。フローラは、あなたを変装させるのが、なかなかうまいようだな」

金髪が目立たないように、エミリオンは私にフードを深くかぶせた。

「……ありがとうございます」

「ここでは陛下と呼ぶな」

「わかりました」

心なしか、城にいる時より明るい表情を浮かべているエミリオンは「こちらから回るか」と歩き始めた。

どんどん歩いて行くエミリオンを追いかけながら、カラフルな街並みをじっと見つめる。

ドルマン王国では、自分の足で街を歩いた経験がなかった。

「あの……ちょっと待って」

小走りでついて行ったのだが、距離が離れ始めたので、私は声をかけた。

エミリオンと私では体格が違いすぎて、歩くスピードが追い付かない。

エミリオンは振り返り、息を弾ませている私を見ると、何も言わずに歩調を合わせ始めた。

馬車から降りて、しばらく歩くと街の中心地に到着した。エミリオンが歩調を合わせてくれていたのにもかかわらず、私はすっかり息が上がってしまっていた。

「大丈夫か？」

「はい……大丈夫です」

息を整えて、顔を上げる。

賑《にぎ》やかな市場や、大きなドーム型の屋根がついた赤銅色の建物の周りには、たくさんの人が集まっていた。

プルペの中心地で人気の劇だろうか。設置されている看板に「劇、コルク夫人の一生・上演予定表」と記載されている。

赤銅色の建物に向かって上演券を持った人々が、楽しげな表情で列を作っていた。

私は、ポケットから黒鉛を細い木で挟んだものと、手のひらほどの大きさの紙の束を取り出した。

一つ一つ気になる点を書き記していく。綴《つづ》りを辞書で調べる時間がないため、慣れしんだ祖国の言語であるドルチェニア語で書いた。

エミリオンは、私を急《せ》かすことなく、黙ってそばに立っていた。

紙の束を紐《ひも》で括《くく》った後、筆記用具を紐の部分に引っかけて、ポケットの中にしまう。

「もういいのか？」

エミリオンに尋ねられて、私は頷いた。

「ここは、もう大丈夫です。事故があった場所は、ここら辺でしょうか？」

新聞の切り抜きを見せると「もう二、三ブロック先だな」とエミリオンから返事が戻ってきた。

エミリオンが歩き始めたので、私は後をついて行く。

大きな通りをいくつか過ぎて、細い路地に入ると、急に道の舗装が悪くなった。

事故が起きた道は、私が想像していたよりも悪かった。

石畳が壊れ、あちこち道に穴があいているみたいだ。これでは馬車の車輪が躓《つまず》いてしまうのも仕方ないだろう。

私は、またポケットの中から筆記用具と紙の束を取り出して、気になる点を書き記した。

この道を直すのに、どれだけの修理費が必要になるのだろう。城に戻った後、財務部に行ってエレーナに確認しなければ。

＊＊＊

太陽が真上に昇ったであろう頃、雨がポツポツとプルペの街を濡《ぬ》らしていく。

「休憩にするか……」

ぼそりとエミリオンが呟《つぶや》き、私に「こちらへ」と言葉をかけてどこかへ歩き始めた。

到着したのは、今にも壊れそうな「グラーピンの店」と書かれた古い看板を、屋根からぶら下げている店だった。

エミリオンは慣れたように扉を開けた。

見た目のボロボロ具合とは打って変わって、店の中は小奇麗に整えられていたが、お世辞にも高級な品物を扱う店とは思えない内装だった。

どうやら、飲食店らしく、生成りの生地に赤いチェック模様が描かれたテーブルクロスが、数少ないテーブルにかけられていた。

「これは、これは！　エミリオン陛下じゃないか！」

中年太りで、お腹《なか》がポッコリ出ている髭面《ひげづら》の店主が、エミリオンの顔を見た瞬間、嬉しそうに声をかけた。

店の奥に、「祝・結婚」と書かれた木製の看板がたてかけてあるのを見つけた私は、結婚式の時のパレードでジャンプしていた国民が、この店主であるのを思い出した。

「久しぶりに、おやじさんの飯が食べたくなってな」

「泣けることを言ってくれるじゃないか。おっと……そちらは？」

私は挨拶をしていいのか分からず、エミリオンの顔色をうかがった。

「妻だ。開店前だが、お邪魔してもかまわないだろうか？」

「おお、もちろんだよ！ にしても、こりゃまあずいぶんと可愛《かわい》らしい嫁さんを連れてきたな……って、あの噂《うわさ》のドルマン王国から来たっていう姫様？ こんなところにのこのこ連れてきて大丈夫なのか！ 護衛は？」

店主が驚いてひっくり返りそうになっていると、厨房《ちゅうぼう》の奥から、痩せ形の女性が「あんた声が大きいよ！ 誰かに聞こえちまったらどうするんだい」とフライパンを持って出てきた。

「お初にお目にかかります。こんな汚い料理屋に、わざわざお越しいただきましてありがとうございます。おかみのノンナ・グラーピンです。こっちのうるさいのは、旦那のボルドウィン・グラーピン。城で出てくるようなもてなし料理は難しいですが、精一杯おもてなしさせていただきますね」

妻のノンナは、私の姿を見つけると、丁寧に挨拶をしてくれた。

「おい！　うるさいとはなんだ！　うるさいとは」

「王様とお妃様《きさき》がいらしているのに、そんな大声で叫んでいるから、注意しているんだよ！　騒いでいる暇があったら、さっさと扉に鍵をかけるこったね」

「お前だって声がでかいじゃないか！」

私たちがいるのにもかかわらず、二人が夫婦喧嘩《げんか》を始めてしまったので驚いてしまう。

これほどまであけすけに言い合って大丈夫なのだろうか。

エミリオンは「いつものことだ。気にする必要はない」と飄々《ひょうひょう》とした態度で勝手に好きな席へと腰かけた。

私がどうしたらいいのか分からず戸惑っていると、エミリオンが手招きして自分の正面に腰かけるように言った。

「陛……あなたは、ここによく来ていたのですか？」

おずおずと木製の古い椅子に腰かけた後、楽しそうに夫婦喧嘩を眺めているエミリオンに私は尋ねる。

「ああ」

エミリオンは短い返事をした後、「好きなものを頼め」とメニュー板を私に差し出した。

「好きなものですか？」

「ああ。この板に書いてあるものだったら、好きなものを頼んでいい」

食べるものから着るものまで、決められた物を与えられてきた私にとって、好きなものを食べるという感覚がよく分からず、とりあえず記載されている文字を目で追った。

肉団子とポテトのソテー、ソーセージとハムのセット、かぼちゃスープ、魚の蒸し焼き、貝焼き、そして、酒と思われる表記がたくさん。

「ごめんなさい。何を頼んだらいいのか分からないわ。こういうの初めてなんです」

私が、正直にエミリオンに伝えると、喧嘩にひと段落ついたらしいノンナが「女性だと、魚の蒸し焼き、貝焼きとかは食べやすいと思いますよ」と教えてくれた。

結局決めきれず、ノンナおすすめの貝焼きを私は選んだ。エミリオンはソーセージとハムの盛り合わせと、いくつか店側の見繕いで出してくれと頼んだ。

注文してから十分も経《た》たないうちに、熱々の料理がテーブルの上に並べられていく。

「この店は、ゴルヴァンから教えてもらったのだ。昔、何度か城を抜け出している時期があってだな」

「それでは、ガルスニエル王子や、私に勝手に出歩くなと叱れませんね」

「ああ、全くだ」

エミリオンが上機嫌なように見えたので、私は思い切って図書室で見つけた本について話題を投げかけた。

「そういえば、先日、図書室で『太陽王と砂漠姫』の本を拝見しましたが、お好きなのですか？」

「ああ、ゾーフィ・ジアベンの書籍か。『海賊旗』という作品が好きで、一緒に集めたのだ」

「『海賊旗』ですか」

初めて耳にする作品名が出てきたので、私は身を乗り出して聞いた。

「読んだことないか？　キャプテン・シムノンの話だ」

「はい」

「後で貸す。おすすめだ。ドルマン王国では、翻訳されていないのだな」

「ええ。おそらく。作者は、アダブランカ王国出身ですから。敵対している国の翻訳書をドルマン王国の人間は、あまり多く仕入れたくなかったのだと思います。他にもジアベンの書いている書籍があるのですか？」

「彼女の作品は、他にも何冊かあったはずだ。城に戻ればわかる」

食事が終わり、グラーピンの店を出た後も、エミリオンと私の会話は終わらなかった。

先ほど、馬車の中で会話が続かずに重たい沈黙の中にいたのがまるで嘘《うそ》のようだ。

いつの間にか雨は止《や》んでおり、いつものように分厚い雲ではなく、薄い雲の端々から太陽の光が差し込んでいる。

「ところで、今日の視察は参考になったか？」

「ええ。ですが、念のためエレーナに修理費の概算を出してもらおうと思っております」

「どうして道路工事をしようと思ったんだ？」

「きっかけは、事故が起きたと知ったからです。荷馬車も巻き込まれて、食料品にも被害が出たと。それで資料に当たってみたり、城内で話を聞いてみたりしたのですけど、ロニーノ王国ではドルマン王国よりも、同じ程度の距離であっても物資の輸送に時間がかかっているのがわかりました」

「そこまで調べたのか？」

「……もちろん人手の問題もあるでしょうけど、道にも原因があるのではないかと思ったのです。今日実際に街の様子を見て、自分の考えに自信がもてました。市外はずいぶんと細い道が多いようですね。今は馬車が入れないところは、人が手で荷を運んでいるようです。道さえ整えば時間も短縮できますし、もっと隅々まで物資を届けられると思います」

「あなたは、どうして、あのような扱いを祖国で受けたのか分からない時がある」

私の話を聞いていたエミリオンが静かに尋ねたので、私は生まれて初めて自分の境遇を他人に告げた。

母の実家同士の争いや、継承権第一位だったのにもかかわらず冷遇されてきたこと。

国のためにと図書室へ通い、こっそり政治の本を持ってきては鏡面台の裏に隠していたこと。

そして、お茶会で冤罪《えんざい》を着せられてしまったこと。

馬車の中に戻っても、エミリオンは真剣に私の話を聞いてくれた。

「呆《あき》れてモノも言えないと言いたいところだが、王家の争いではよくある話だ」

「分かっています。私が甘かったのです。私が、もっと王族としての自覚を持っていれば、守れるものは多かったはず」

「だが、国民の目は騙《だま》せない。愚かな政治を行った王は、必ず報いを受ける。あなたの手から奪い取った王座を上手《うま》く操れるか、お手並み拝見と思っているといい」

「お手並み拝見ですか？」

「あなたの弟妹が、本当に能力の高い人物であれば、ドルマン王国の繁栄が約束されるだろう。それに、オイゲン王は、あなたが思っているほど、あなたを過小評価していなかったと思う」

「父がですか？」

「あなたの未来が失われるかもしれないと、祖母に婚約の申し出の手紙を送ってきたのは、間違いなくオイゲン王本人なのだから」

「それは、本当ですか？」

あまりに信じられない衝撃の事実に、私は言葉を失った。

あれほどまでに冷たく私を切り捨て、継承権を奪い、国外に追放した父。彼が、他国の元王妃に娘を助けてくれと懇願した事実を、私は受け入れられなかった。

「あなたの父は、あなたとの婚約の見返りとして私の鉄道事業の後ろ盾となると提案してきた。しかし、祖母のほうからそれではあなたを守れないと、表向きの交換条件としてロニーノ王国の鉄鉱石を安く融通すると申し出たのだ。実際には鉄道事業に普通では考えられないほどの資金を提供してもらっているから、鉄鉱石を安く売った分など問題にならない。だが、表向きにはロニーノ王国が不利な条件を押し付けられているように見え、誰もあなたは厄介払いされた存在だと気にも留めていないだろう」

「私は、厄介払いされたわけではないのね」

最後に見た父の後ろ姿を思い出しながら、絞り出すように声を出した。

「オイゲン王は、あなたを彼なりに守ろうとした。信じられないのであれば、今度祖母から借りて証拠を見せよう。正直に言えば、私はこの話にあまり乗り気ではなかったが」

「ええ、それは態度を見ていれば分かりました」

「ドルマン王国の後ろ盾はありがたいが、あなたの悪評を聞いて、国を乱されるのが嫌だったのだ。浅はかな考えだったと後悔している」

「バルジャン公爵も同じことを言っておりました」

バルジャン公爵の名前を聞いて「あいつなら言うだろうな」とエミリオンは笑った。

「今はどう思っていらっしゃるのですか？」

「乱すようには見えないから、今こうして話をしているのだ。それに、ガルスニエルの件に関しては、感謝している」

すれ違ってしまった弟との関係を再構築できた件について、エミリオンは感謝しているらしかった。

ガタンと馬車が揺れると、「到着いたしました。陛下」と衛兵の声が馬車の外から聞こえた。

エミリオンは「図書室へ行くのだったな」と扉を開けて、私に手を差し出した。

＊＊＊

城の中に戻ると、エミリオンは私と共に図書室へ行き、自分専用の本棚から『海賊旗』とロニガル語で書かれた本を手に取った。辞書よりも分厚いその書籍は、ドルマン王国の図書室には置いていなかった。

「アダブランカ語は出来るのか？　できれば、原書もいくつかあるが」

「残念ながら、最低限の日常会話しかアダブランカ語はできません。ですが、ロニガル語でしたら、辞書を使いながらではありますが、読めるかと思います」

「読んだ後は、この本棚に戻しておいてくれ。他にも気になる本があれば好きに読むといい」

「ありがとうございます」

「ああ」

しばらく沈黙が流れた。

エミリオンと離れがたいと思っているのが、信じられなかった。そして、エミリオンも同じ感情を抱いているらしかった。

さらに信じられないことに、私とエミリオンは、図書室で数時間も時間を費やしたのだ。

彼からおすすめされた書籍を机の端に置き、私がエレーナにお願いしようとしていた道路工事費用の概算をエミリオンが計算した。

エミリオンが計算している間、私はプルペの街の地図を確認した。

「現地の細かい調査は、後日人を送る。とりあえず、今日確認した場所は記しておいてくれ」

「分かりました」

エミリオンの指示に従って、紙の束に記した場所と、地図の位置を照らし合わせていく。

少しでもロニーノ王国の国民のために、役に立てれば嬉《うれ》しい。

道路工事のための資料作りが終わった後、二人で財務部へ資料を提出しに行った。

私の部屋で待ちくたびれたガルスニエルと三人で食事を取り、少年が部屋へ戻った後も、エミリオンと私の会話は続いた。

大おばの躾《しつけ》が嫌でいとこのデニスと共に、城を抜け出した時の話を聞いた時に、私は生まれて初めて人前で息が出来なくなるほど笑った。

「どうしても、一般の生活を知りたかったのだ。その時に、ゴルヴァンに紹介された店が、今日行った店だ。あの店は、ゴルヴァンの親戚が運営している店だからな」

「とてもすてきなお店でしたね。海鮮料理美味《おい》しかったです」

「ああ、あそこは内装に回すべき金を全て食材に費やしているからな。今日は久々にグラーピンの店へ行くチャンスが出来て懐かしかった。必ず見つけ出せと私の父上に叱られたゴルヴァンが、泣きながら私たちを追いかけて来た日が、まるで昨日のことのようだ」

「ゴルヴァンは、いつになっても王子を追いかけないといけない運命なのですね」

「あいつに聞かれたら、泣かれるだろうがな」

私とエミリオンは、明け方まで過去に起こったドルマン王国とロニーノ王国の戦争についての見解、過去の奴隷問題などを語り明かした。

＊＊＊

カーテンを閉め忘れた窓から、太陽の光が部屋に差し込んでいる。

息苦しさを感じて目が覚めた時、エミリオンと過ごした時間はただの夢だと思った。冷酷だと言われているエミリオンと共に笑い合いながら明け方まで語り明かすなど、ありえる話ではない。

規則正しい寝息が聞こえ、顔を上げるとエミリオンに抱きしめられるような形で眠っていた。

「！！！！！」

音にならない叫び声が、私の口から発せられた。

どうして、一緒に眠っているのだろうか。昨晩の語り明かした事実は思い出せたが、寝落ちするまでの記憶がない。淑女として、あるまじき失態である。

「おはようございます。ジョジュ様。昨晩は一瞬だけオーロラが夜空にかかっていたそうです。ご覧になりましたか？」

フローラが、のんびりとした声で私を起こしにやってきた。

まずい！　とまずは衣服をしっかり着ているかどうか確認をした後、毛布からはみ出しているエミリオンをどうするべきか考えた。

毛布をエミリオンに覆いかぶせて隠そうとするが、身体《からだ》の大きなエミリオンを隠すのは至難の業だった。頭を隠せば足が出てしまうし、足を曲げて布団の中へ隠そうと躍起になるが、のんびり熟睡している彼の身体は全くいうことをきかない。

お湯の入ったたらいを持ってベッドに近づいてきたフローラと視線が重なった。

「あらあらあら」

「違うの！　フローラ」

あらあらあら。ではない。絶対にフローラは勘違いしている。私とエミリオンがそういった関係になっていると確実に勘違いしている。

「大丈夫ですよ。お二人は夫婦なのですから」

「違うのよ。本当に違うの」

全く会話が嚙《か》み合わない。

なんとか伝えようとしても、フローラは「朝食は、お二人分お持ちいたしますね」と昨晩はエミリオンと一緒にオーロラ観察を楽しみ、そのままその他にもお楽しみしていたんですね、と言わんばかりの優しい視線を投げかけてくる。

「うるさい」

今このタイミングで起きますか、といった最悪のタイミングで、エミリオンが欠伸《あくび》をしながら身体を起こした。

「陛下。おはようございます。昨晩はオーロラ観察をジョジュ様と楽しまれたんですね」

「そんなものを見ている余裕は、昨晩はなかった」

乱れた銀髪をかきあげ、気だるげな雰囲気でため息をつくエミリオンを、私は睨《にら》みつけた。

フローラは両手を口に当てて、「まあ!」と頰を染めている。

この瞬間エミリオンについて、一つだけ理解が深まった。この男は、肝心な時に言葉が足りない。

# 第六章　あきらめられない女

毎朝、明るくなる前にニックス城の使用人たちが、昨晩降り積もった雪を片付け始める。凍って固まってしまう前にやってしまわないと、面倒なのだそうだ。真っ白な雪が、どこでついたのだろう、靴の裏についた泥で汚れているのを窓の内側から見つけた。

いつものように新聞の一面を翻訳していると、片隅に祖国について記事が書かれているのを発見した。

アルジャン・ヒッテーヌが、ドルマン王国の王位継承者として、歴代の王が眠っている墓碑に祈りを捧《ささ》げる行事に参加したらしい。もう関係がないと分かっていても、文字が視界に入るだけで、あの日の苦しみが鮮明に蘇《よみがえ》ってくる。

『あなたの手から奪い取った王座を上手《うま》く操れるか、お手並み拝見と思っているといい』

エミリオンの言葉を思い出す。

「そうだ。お手並み拝見……」

手を伸ばしても届きはしない故郷を思い出したところで、もうどうしようもない。

ドルマン王国には、まだ見えない問題が山積みだ。アルジャンがどこまで出来るのか、見せてもらおうではないか。

「ジョジュ様。朝食の支度ができましたので、ご案内いたします」

そうやって自分を奮い立たせているとフローラに声をかけられた。私は「分かったわ」と返事をした後、読んでいた新聞を折りたたんで机の端へと置いた。

ここ数週間、エミリオンとガルスニエルと共に食事を取るようになった。ロニーノ王国に来てから、ガルスニエルとアルムと約束した時や、晩餐会《ばんさん》がある時以外は、一人で食事を取っていた。そのことに今さら気が付いたエミリオンが「一緒に食事を取らないか」と声をかけてきたのである。断る理由もないので、私は彼らと共に食事を取ると決めた。

エミリオンが地方へ公務で赴くときは、私の部屋でガルスニエルと取る日もある。

「今朝は、ジュンヌ地方の卵を使ったオムレツらしいです。普通の卵よりも味が濃いと有名なんですよ」

「おいしそうね。楽しみだわ」

ジュンヌ地方は、ドルマン王国と国境を挟んですぐの場所にある土地だ。

フローラと他愛ない会話をしながら、エミリオンたちが待っている広間へと向かう。晩餐会に使っている部屋に比べるとやや簡素ではあるものの、三人で使うには充分な広さを持つ部屋が、朝食の会場となっている。

部屋の中に入ると、食事の支度をしていた使用人たちが動きを止めて「おはようございます。妃殿下」と挨拶をしてきた。私も足を止めて「おはよう」と挨拶を返す。

先に到着していたガルスニエルが「遅いですよ」と不満げな表情で、まだ湯気のたっている温かい朝食の前で待っていた。彼の足元には、愛犬フランも、大人しく座っている。

まだエミリオンは到着していないらしい。

「兄上は、寝起きが悪いので先に食べていましょう。義姉上《あねうえ》」

ガルスニエルが両手にナイフとフォークを持って言った時「もう、起きている」とまだ眠たそうな表情を浮かべたエミリオンが私の背後に立っていた。

突然エミリオンの声が近くで聞こえたので、私の心臓の鼓動が早まった。

最近、エミリオンが異様に気になったり、彼の視線を受けると胸の奥が熱くなったりと、調子が狂う時がある。私はできるだけ彼の前では平静を装うようにしているが、どうしてそうなってしまうのか理由が分からなかった。

「おはようございます。陛下」

部屋の中にいた使用人たちが、エミリオンと私のために椅子を引いて準備をする。エミリオンが来てしまったので、空腹を満たせなくなったガルスニエルは少し不満そうだ。

「少女神サイアに祈りを」

エミリオンの言葉で、朝食前の祈りが始まると、ガルスニエルががっかりしたように、手に持っていた食器を置いて、兄に続いてお祈りのポーズをとった。極寒の大地の中で、温かな食事にありつけることへの感謝と祈りを朝食前に捧げるのがしきたりらしい。

祈りが終わると、料理長がやってきて、料理のひとつひとつ、どこの地方で採れたものなのか、どこの海で採れた魚介類なのか説明をしていく。ガルスニエルのお腹《なか》の音が、ギュルギュルと部屋の中に鳴り響いた。

ようやくお許しが出て食事が始まると、空腹で仕方がない少年は、叱られない程度に口に頬張りながら食事を始めた。少年の足元でフランが、犬用の食事を、飼い主と同じような勢いで一心不乱に食べている。

フローラの情報通り、ジュンヌ地方で飼育されている鶏の卵で作ったオムレツは絶品だった。

オムレツに舌鼓を打っていると、エミリオンが突然「今夜の晩餐会で、来月に行う舞踏会の発表を行う」と述べた。

私は慌ててオムレツを水で喉の奥に流し込み「舞踏会ですか？」と尋ねる。

「漁村ネスコにようやく鉄道が開通した祝いだ」

「とうとう開通したのですね」

「ああ、昨晩知らせが届いた。舞踏会の準備に関しては、通常なら王妃に任せる場合もあるが、あなたは道路工事の件も抱えているからな。無理はしなくていい」

ドルマン王国でも、何度か舞踏会を開催した経験があった。

しかし、ロニーノ王国の舞踏会にまだ一度も参加していないので、勝手が分からない。

今度の舞踏会に参加させてもらった際に勉強しようと「承知しました。今回は勉強させていただきます」と返事をした。

食事が終わった後すぐに部屋へと急いだ。今夜の晩餐会の衣装を選ばなくてはならないと思いだしたのだ。

「妃殿下が同じドレスばかり着ていたら、みんな新しいドレスが買えなくなってしまいますわ。周りの貴族のためにも、新しいドレスを着るべきです」

何度か同じドレスを選んで着ていたら、マリアンヌにアドバイスをもらった。そのため、何着か予算内で新しいドレスの購入を決定したのだ。

裁縫師はすでに私の部屋へ大量のドレスを運び込んでいた。流行のドレスがずらりと並んでいる中で、まるで大輪の花のような黄色のドレスが目に入った。

「妃殿下、さすが、お目が高いです。こちらのドレスは、最高級の絹でできておりまして、この中でも一番の自信作でございます」

裁縫師におだてられ、私は意気揚々と黄色いドレスに着替えたが、鏡に映る自身を見て、購入をやめた。

ドレスの出来は素晴らしいのだが、私の黄金の髪の毛と一体化して見えてしまい、ぼんやりと野暮ったく見えてしまうのだ。ロニーノ王国の女性たちは、はっきりとした色の髪の毛を持っているため、こういった黄色のドレスは映えるのだろう。

「こちらの赤いドレスなどは、いかがでしょう？」

王室ご用達であることに誇りを持っている裁縫師が、すかさず深紅のドレスを手に取って私に見せた。似合わなかった黄色のドレスに後ろ髪を引かれながらも、私はその真っ赤なドレスを手に取って、購入を決めるのだった。

＊＊＊

漁村ネスコへの鉄道事業への出資に関して、大勢の貴族たちが関与していたらしい。

晩餐会の会場では、その話題で持ち切りだった。

「陛下は、少し遅れるそうです」

バルジャン公爵の伝令を受けて、私は「わかりました」と返事をした後、会場にいる貴族たちと他愛ない会話を続ける。

「そういえば、サドルノフ家が、来ておりませんな。今夜の主役であるのに」

「ヨシフ・サドルノフは、漁村ネスコに向かう前に、そりから転落し、足を痛めて療養中だと認識しておりましたが」

「主役は父親ではなく息子のマルゴナの方です。どうやら、漁村ネスコの偏屈者たちを説得したのは、彼のようですよ」

「おお！　それは大手柄ですね」

「今夜は、婚姻関係を結ばせようと、年頃の娘を持っている者が、彼に群がりそうですね」

「婚姻関係といえば、妹のヴィオ……」

「静かに。あまり大きな声で話をしていると、妃殿下に聞こえてしまいます。ただでさえ、サドルノフ家は旧体制派で、妃殿下との折り合いは悪いですから」

そのような貴族たちの会話が、遠くから耳に届いてきた時だった。

部屋の中に、見覚えのあるひと際目立つ真っ赤なドレスを着た女性が入ってきた。

会場中の視線が一気に集まり、次第にざわめきに変わっていく。貴族たちの視線が、彼女と私を見比べているのが分かった。

「なんてことでしょう！　妃殿下のドレスと全く同じですわ」

私のそばに立っていたマリアンヌが、扇子で口を隠し、悲鳴を上げる。

見覚えのある真っ赤なドレスは、私が身にまとっているデザインと全く同じだった。

ロニーノ王国に来てから、数か月経《た》っているが、見かけたことのない顔だった。

肩まで伸びた黒髪は、綺麗《きれい》なウェーブがかかっており、黒い瞳には、長いまつ毛がびっしりと生え揃《そろ》っている。透き通るような白い肌に、真っ赤な唇、そして、豊満に膨らんだ胸元を持つ彼女は、私よりもこの赤いドレスを自分のものにしているように見えた。

美しく妖艶な女の視線は、ゆっくりと私に重なった。その視線は、あまりにも敬意といった感情からかけ離れている。同じドレスを着てきたのは、偶然ではないのかもしれないと、思えるほどであった。

「彼女は、一体何者なの？」

私が質問を投げかけると、マリアンヌは「それは……」と口ごもった。

「マリアンヌ、教えてちょうだい」

なぜ、彼女が同じドレスを着てきたのか。そして、どうして、私に、挑戦的な視線を投げかけてくるのか知りたかった。

「彼女は……。彼女は、旧体制派のサドルノフ公爵の一人娘で、名前はヴィオラ・サドルノフ。陛下の元婚約者ですわ」

マリアンヌは、怯《おび》えたような声色で小さく呟《つぶや》いた。

元婚約者と聞いて、私は頭を思い切り殴られたような衝撃を受けた。

結婚式で「私に愛を求めるな」と冷たく言い放ったエミリオンの声が脳裏に蘇る。これほど美しい婚約者がいたのでは、彼が私にあのような言葉を投げかけたくなるのも当然のような気がした。

「あれは、わざとですわ。なんとあさましいんでしょう」

私に気を使っているのか、マリアンヌが近くにいた貴族たちに聞こえるように憤慨した。

マリアンヌや、他の貴族たちの声を遠くに聞きながら、私はぼんやりと考えた。

もし、エミリオンが彼女を愛していて、本気で彼女と一緒になりたいと考えていたとしたら、私はどうしたらいいのだろう。

私の嫁入りは、ドルマン王国内の事件が発端だ。エミリオンにとっても、ヴィオラにとっても、寝耳に水だっただろう。ロニーノ王国の王妃となる身として育てられ、その準備をして生きてきたヴィオラ・サドルノフ。彼女にとって汚名を着せられた異国の女が、自分の座をかすめ取ったとなれば、面白いはずがない。

ヴィオラは、私の前まで堂々とやってきた。彼女は、ドレスがかぶっていると、たった今気が付いたと言わんばかりに驚いて見せた。そして、泣き出しそうな表情を浮かべて、頭を下げた。肩にかかった髪の毛が、ふわりとこぼれ落ちる。

どこからか「ほぅ」とため息をつく声が聞こえた。同じ女である私も、彼女の美しさに目が離せないのである。異性であり、女性が恋愛対象の者であれば、なおさらだろう。

悔しいことに、彼女には、人の目を惹《ひ》きつけるような華やかさがある。その点で、私よりも優れているのは明らかだった。

「大変申し訳ございません！　今すぐ着替えてまいりますので、どうか、お許しください

「……！」

部屋中に響き渡るほどの大きな声で、ヴィオラ・サドルノフは深々と頭を下げた。ヴィオラは、今の自分自身の立場をよく理解しており、計算して振舞っているに違いない。そして、私には彼女を許す以外の選択肢はないと見抜いているのだろう。

仮に私がここで大騒ぎをしたとして、いったいどれくらいの者が味方になってくれるだろうか。ヴィオラの肩をもつ者が出てくるのが、容易に予想できた。

「何事だ？」

悔しさを飲み込んで、彼女を許すためにと口を開きかけた時、エミリオンの声が聞こえた。彼の声を聞いて、これほど胸を撫《な》でおろしたことはない。

振り向くと、ヴィオラとよく顔立ちが似ている男性と共にやってきているのが見えた。

「ヴィオラ、まさか……！」

ヴィオラの兄であるマルゴナ・サドルノフは状況を一瞬で理解したようで、顔が真っ青である。

「陛下……大変申し訳ありません。私……」

大粒の涙をほろりとこぼして、ヴィオラはエミリオンに頭を下げた。

エミリオンは、はじめヴィオラがなぜ涙を流しながら謝罪しているのか分からなかったようだった。

しかし、私の着ているドレスと全く同じデザインのものを身に着けているのに気が付いて、フローラを呼んだ。

「サドルノフ公爵令嬢に新しいドレスを」

「陛下、よろしいのですか？」

マルゴナが、驚いた表情を浮かべてエミリオンに尋ねた。

「漁村ネスコの膠着《こうちゃく》していた鉄道事業が動いたのは、マルゴナ、お前のおかげだ。その褒美の一部として受け取るとよい」

「陛下の、ご厚意に感謝いたします」

ヴィオラが、フローラに連れられて部屋を出ていく。

事情はどうあれ、国王が妃《きさき》の前で、元婚約者にドレスを贈るという事実を目にして、噂《うわさ》好きの貴族たちが、早速ヒソヒソと会話を始めた。

エミリオンは、そんな貴族たちを気にも留めずに、私を「こちらへ」と呼んだ。

彼の後ろを歩きながら、私は胸の奥がズキズキと痛むのを感じた。その痛みの理由を、今はまだ考えたくない。

＊＊＊

晩餐会《ばんさん》の前に、お決まりのオルテル公爵の音頭が始まった。

「この度、首都プルペと国内の各地を結ぶ鉄道が、最北の村である漁村ネスコにまで延伸した。これで、ネスコを起点としてさらに北東・北西への路線拡大も見えてきた。マルゴナ殿、こちらへ」

オルテル公爵は、近くに座っているマルゴナに手招きして、彼を自分の隣に呼んだ。

「北西部と国境を接するノーランド王国との交渉は、サドルノフ公爵子息であり、交渉の達人でもあるマルゴナ殿に引き続き担っていただく。本日の主役である、マルゴナ殿。何か一言お願いできますかな」

オルテル公爵の言葉に、マルゴナ・サドルノフは一礼して話を始めた。席についている人々の視線が、精悍《せいかん》な顔つきをした青年に集まっていく。

「皆様のご厚意で、私の手柄となっておりますが、共に歩んでくれた仲間がいなければ達成できませんでした。この場をお借りして、力を貸してくださった皆様に、心より感謝いたします。そして、ノーランド王国との交渉も、皆様によい報告ができますよう、尽力させていただきます」

マルゴナが話し終えた後、たくさんの拍手が送られた。

数人の貴婦人が「なんて謙虚なのかしら」とうっとりとした表情で、青年に熱っぽい視線を送っていた。

マルゴナが自分の席に座るのを確認して、オルテル公爵は咳払《せきばら》いをした。会場にいる人々の視線が、再びオルテル公爵に集まった。

「国内のほぼ全土が鉄道で結ばれたのを祝い、また国家繁栄の期待も込めて、舞踏会を開催する運びとなったことをここに報告する。ロニーノ王国のさらなる発展を願って、乾杯！」

乾杯の挨拶と共に、歓喜の声が会場に広がった。

会場の話題は、開催される舞踏会でもちきりである。

乾杯の挨拶を待ち構えていた使用人たちが、広間に料理を運び込んできた。

漁村ネスコで採れた海鮮類が中心となっており、クリームスープや、希少価値のある大魚と芋のオイル蒸しなどがテーブルの上に並べられていった。

料理が運ばれてきてからしばらく経った後、扉が開いて、フローラに案内されたヴィオラが部屋の中に入ってきた。

「なんと美しい」

誰かが、ヴィオラに向かって感嘆の声をあげた。

ヴィオラが着ていたドレスは、あの黄色のドレスだった。私に全く似合わず、気に入ったけれどもあきらめたドレスを、ヴィオラは見事に着こなしていた。

彼女の美しさ、華やかさに誰もが心を奪われている。

「陛下、このような素晴らしいドレスを、本当にいただいてもかまわないのですか？」

「先ほども述べた通り、そのドレスは、マルゴナの褒美の一部だ。問題ない」

ヴィオラの質問に答えるエミリオンの声色は、いつになく優しく聞こえた。

本来、この二人がロニーノ王国の王と王妃になるはずだったのだと、会場にいた誰もが改めて思ったに違いない。

「ジョジュ妃殿下。この度は、誠に申し訳ありませんでした」

私は、視線が再び自分に集まってくるのを感じた。

「気になさらないでください」

精一杯の笑みを浮かべる以外に方法が見つからず、今にも泣きだしたい気持ちになった。

私の居場所は、また奪われてしまうのだろうか。

「陛下、妃殿下。この度は、寛大なお心を感謝いたします」

マルゴナがヴィオラの横に立ち、妹と共に頭を下げた。それ以上エミリオンは反応しなかったが、ヴィオラは、熱っぽい視線を送っている。彼女の方は、まだ元婚約者に気持ちが残っているのが明らかだ。

晩餐の席に着くと、サドルノフ公爵兄妹《きょうだい》はエミリオンとオルテル公爵と共に昔話に花を咲かせた。

「陛下がデニスと共に、城を抜け出した時は、冷や冷やしましたわ」

「懐かしいですな。ヴィオラ様とデニス様が、陛下を取り合ってよく喧嘩《けんか》しているのを仲裁したのを覚えていますぞ」

「まあ、オルテル公爵様ったら、陛下の前でそんな恥ずかしい昔話をするのは、おやめになってください」

昔話をされてしまうと、私は全く仲間に入れず、曖昧に笑って相槌《あいづち》を打つだけである。

「妹との婚姻関係はなくなってしまったが、今後も我々と幼馴染《おさななじみ》として支えあっていければと考えているよ。エミリオン」

「ああ、心強いよ。マルゴナ」

エミリオンが、サドルノフ公爵兄妹に微笑《ほほえ》むと、ヴィオラが席から立ち上がって「私のことも懇意にしてくださいね。支えてまいりますから」とエミリオンの手の上に自分の手を重ねた。

「ジョジュ様。よろしいのですか？」

マリアンヌが、ひっそりと声をかけてきたので、私は頷いた。

「私とドレスが重なり、陛下が助け舟を出してくださったのです。これ以上、私が騒ぎ立てる必要はありません」

マリアンヌはまだ何か言いたげな様子だったが、取り合うのはやめた。

彼女の言いたい内容は分かっている。ヴィオラが何をしてもいいと私を甘く見る前に、彼女に釘《くぎ》をさしておかなければならない。

しかし、今夜は私の方が、分が悪い。

晩餐会が終了すると、本日の主役であるマルゴナの周囲に年頃の娘をもつ貴族たちが群がっていた。噂のとおり、彼を将来有望と見た者たちが、娘を嫁がせようと画策しているようだ。

私の周りには今まで話したことのない貴族の妻たちが集まり「今夜のサドルノフ公爵令嬢の件、災難でしたわね」と口々にヴィオラの悪口を言い始めた。グッと押し黙った様子が、彼女たちの同情心を刺激したらしい。

「いくら幼馴染とはいえ、今夜の彼女はいただけませんわよね」

「そうですわね。あれはいただけませんわ」

人々に囲まれて話を聞いていると、遠目にヴィオラが何やらエミリオンに話しかけている様子が見えた。

ヴィオラが話をした後、滅多に笑わないエミリオンが、小さく笑うのが見えた。彼の視線は、黄色の大輪の花のようなドレスを身にまとったヴィオラに向けられている。そして、二人は一緒に会場の外へと出て行った。

「陛下……」

空気をかするような声が出たが、その言葉は誰にも届かなかった。

＊＊＊

薄暗い部屋の中で目が覚めた。静まり返った部屋の中で、薪の燃えカスがプスプスと音をたてている。窓の外に視線を投げかけて、これからどうしたらよいのだろうと、心の中で自分自身に問いかけた。

数時間もすれば、フローラが起こしに来て、エミリオンたちと朝食を取り、財務部へ行き仕事をしてと、普段通りの一日が始まる。

そして――。

昨晩の、エミリオンとヴィオラの仲睦《むつ》まじい様子が、記憶の中から蘇《よみがえ》った。あの後、エミリオンは彼女と一緒に過ごしたのだろうか。熱っぽい視線を送るヴィオラを思い出しながら、私は浅い呼吸を何度も繰り返す。

求めてはいけなかった何かを、私はエミリオンに求めてしまっている。その事実をいやおうなしに突きつけられて、たまらなくなった。

私はベッドから飛び降りて、着替えを始める。コルセットなど、小難しいものは、ずっと身の回りの世話をする人間に任せていたのでどうしたらいいのか分からなかった。

けれども、ドレスくらいなら自分で着ることができる。

クローゼットを開けて、なるべく背中にボタンのないドレスを探した。うまくはけずに何か所か破いてしまったタイツを、無理やり腰のあたりまで引き上げた後、灰色の毛皮のコートに袖を通した。

一度だけしか使っていない内側に黒いカシミアの生地が貼り付けられている黒革の手袋をはめて、私はゆっくりとタペストリーを動かした。

扉を開くと、突き刺すような冷たい空気が頬を包んだ。燭台《しょくだい》に明かりをつけて、扉を閉めると、部屋から漏れていた暖かな空気が一気に遮断された。

肩で息をしながら、先日ガルスニエルたちが逃げていった方向へと足を向けると、狭い排気口の前へと辿《たど》り着いた。さすがに、大人が通るには狭すぎると、私は他に通路がないか辺りを見回した。

左折した後、そのまま真っすぐ進み、引き戸のようなものを見つけた。随分と使われていないらしい引き戸に触れると、黒革の手袋が白く汚れた。汚れてはいるものの、引き戸は私の力でもあっさりと開く。宙に舞った大量の埃《ほこり》が落ち着くと、開いた扉の先に石造りの螺旋《らせん》階段が階下へと続いているのが見えた。

「隠し通路だわ……」

戦争やクーデターが起きた際に、王族がこっそり城外へと逃げるために作られた通路かもしれない。きっとこの道の他にも、誰にも知られていないような通路が、ニックス城にはあるのだろう。祖国にもそのような通路があったのかもしれないが、他の件に必死になっていたため、探す機会などなかった。

好奇心が湧いてきて、私は先へ進んだ。朝食の時間までに戻るかは、先に進んでから考えればいい。

長い螺旋階段を下りていき、古い木の扉を開けた後、広がった景色に私は口を開けた。

＊＊＊

扉の先は温室になっていたようだった。

年間のほとんどにおいて雪が降り続けるロニーノ王国では、見かけないような植物がたくさん植えられている。

「そろそろ来る頃だと思っていましたよ」

声のした方に視線を向けると、一人の年配の女性が植物に水を与えていた。白髪の長い髪の毛を大きな翡翠《ひすい》がついた髪留めで一つにまとめている。コバルトブルーの瞳に、鷲鼻《わしばな》、そして小さな唇には、薄く紅をさしていた。

「大変失礼いたしました」

寝起きのまま、髪の毛もボサボサの状態であるのが恥ずかしくなった私はその場を後にしようとした。誰かに会うなど、全く想定していなかったのだ。

「いいのよ。そのまま楽にして、椅子に掛けて植物を見ていってちょうだい」

老女は、暖炉のそばにある椅子に座るように促すと、私など全く気にしていない様子で植物の状態を一つ一つ丁寧に確認していく。

てっきり外に繋《つな》がっていると思ったのだが、まさかこのような場所に出るとは。

私は、彼女の勧めに従って、手袋を外して毛皮のコートを脱ぎ、膝の上に置くようにして座った。

「ちょっと、そこのスコップを取ってくださる?」

ぼんやりしていると老女に声をかけられて、私は慌てて近くに置いてあった土まみれのスコップを手に取った。

「ありがとう」

「い、いいえ……」

「ロックデリット鉱山が発達してから、この国にたくさんの植物を育てる機会ができたのよ」

ロックデリット鉱山は、ロニーノ王国の中で最も有名な資源の豊富な鉱山だ。あの鉱山がなければ、エミリオンが行っている鉄鋼産業は、今ほどうまくいっていなかっただろう。

そして、ロックデリット鉱山は、彼とガルスニエルの両親が、命を落とした場所でもある。

植物たちの確認が終わったらしい彼女は、私の座っている椅子の近くに、もう一脚の椅子を持ってきて座った。

木製のバケツの中に入っている石炭をいくつか掴《つか》み、近くにある小さな暖炉へと投げ入れた。真っ黒な石は、次第に他の熱が移って、ゆっくりと赤く染まっていく。

「お会いしたかったわ。ジョジュ・ヒッテーヌ」

暖炉の中の火がうねりをあげて燃え盛った時、老女は静かに言い放った。

どうして、私を知っているのだろうかと思ったが、少し考えれば、分かることだった。

私が使っている部屋とこの温室が隠し通路で繋がっているのを知っているのは、私よりも位が上の人物なのだろう。それに、黄金の髪に、エメラルド色の瞳を持っているのは、この城の中では私くらいしかいない。

「えっと……ミセス」

「私は、イリーナと呼んでちょうだい。私もあなたをジョジュと呼ぶわ。昔からこの場所では、身分をひけらかすのを禁止にしているの。ありのままの自分になるのも、たまには必要ですからね」

「わかりました。ミセス、イリーナ」

「イリーナでいいわ。それで、ジョジュ。あなたが、家出同然の格好でこんなところへやってきたのはなぜ？」

イリーナは面白がっているようだった。私は、どこまで話をしたらよいのか分からなかった。

だが、自分自身では扱いきれない感情をどうにかしたくて、イリーナに正直に話した。

イリーナは拙い私の話を、真面目な表情で聞いていた。

「申し訳ありません。突然このような話をされても困りますよね」

昨晩起こったヴィオラの件を全て話し終えた後、私は急に恥ずかしくなってイリーナに謝罪した。

「ジョジュ。困るかどうかは、私が決める。私の気持ちを勝手に推し量るのはおやめなさい」

「申し訳ありません……」

「叱っているんじゃないわ。ところで、昨晩起こった件について、よく分かったわ。ジョジュ。あなたはどうしたいの？」

「私がどうしたいか……ですか」

「そうよ。この問題は、あなたの行動次第では、幾通りの結果にもなりうる。この国にも大きな影響があるでしょう。今この時にも、あなたは王妃としての資質を試されている。あなたなら理解できるでしょう？」

イリーナが私に言いたいことはよく分かる。私とエミリオンの関係は、ゆくゆくはロニーノ王国の行く末にも繋がってくるのだ。

「ジョジュ・ヒッテーヌ。あなたはロニーノ王国の王妃として、何をやっていきたいの？」

考え込む私に、イリーナは質問を変えた。

「私は、この国をより末永く繁栄させたい。祖国ドルマンで、実現できなかったこと、やり遂げたかったこと、一つも余すことなく。そして、私のこういった思いを受け止めてくださった陛下の支えとなりたい」

「情熱的ね。でも、あえて言うわ。今のままでは厳しいでしょうね。これからも、この国で、あなたを貶《おとし》めようとする人間は幾人もいるでしょう。その度に、今朝のようになるつもり？」

イリーナの叱責は、もっともだった。

ヴィオラの件を思い出して、私は手をグッと握りしめた。

自分の方がエミリオンに、いや、王妃としてふさわしいと思っているから、あのような真似《まね》ができたのだ。そして、彼女はそれだけの準備を、この国でしてきている。

マリアンヌは憤慨してくれたが、ヴィオラの行動を見て楽しそうに眺めて笑っていた者も多かった。

私は、また同じように足をすくわれ、追い出されそうになっていたのだ。新しく王妃となる私を追い出したい人物たちに、甘く見られている。

「イリーナ。ありがとう。目が覚めました。私は、戻ります」

「ドレスの一枚や二枚、くれてやりなさい。それに、エミリオン王の名誉のために言っておくけれど、あの子はそこまで愚かではないわよ」

毛皮のコートを羽織って、私はイリーナに微笑《ほほえ》んだ。

部屋を出て、扉を閉める直前、「近いうちに人を送りますからね、ジョジュ」と言ったイリーナの声が聞こえた。

# 第七章　離宮テオフィロス城

　ロニーノ王国、首都プルペにあるニックス城に珍しい客が訪れたのは、私がイリーナと会った日の夕方だった。

　財務部で道路工事の最終的にかかる金額を算出してもらい、確認している最中に事件は起こった。

「ジョジュ様！　ジョジュ様は、いらっしゃいますか？」

　ゴルヴァンが血相を変えて、財務部がある部屋に訪れた。

「なんだ、騒々しい」

　エレーナが、心底迷惑そうな表情を浮かべて、ゴルヴァンを睨《にら》みつける。

「大変申し訳ありません。陛下が、今すぐにジョジュ様にお越しいただくようにと」

「陛下が？」

　私が答えると、ゴルヴァンは何度も首を縦に振った。

　今までこのように突然呼びつけられるようなことはなかった。一体何があったのだろうか。旧体制派が、何か事を起こしたのだろうか。先日、図書室で遭遇した旧体制派の存在を思い出して、落ち着かない気持ちになる。

エレーナに別れを告げ、ゴルヴァンに案内されながら、エミリオンの執務室へと足を運んだ。

部屋の前に到着すると、一国の王の執務室には似つかわしくない、言い争うような複数の女性の声が聞こえた。

「失礼します。妃殿下をお連れいたしました」とゴルヴァンがノックをして部屋の扉を開けるが、中にいる人物たちは一向にこちらに気が付かない。

そこには、エミリオンをぐるりと囲み、あーだこーだと文句を言っている三人の年配の婦人がいた。

「舞踏会の企画、本当にこれで進めるつもりだったのですか？　前王と王妃が亡くなってから久しぶりに開催するのにもかかわらず、こんな凡庸な舞踏会で本当によろしいと思っているの」

「ガルスニエルの面倒はやはり私たちが見た方がいいと思うのよ。将来あなたの補佐になるには、色々足りないところが多すぎる。いい家庭教師が知り合いにいるから、紹介してあげるわよ」

「ちょっと、お茶のおかわりはまだなの？　少し離れた間に、ここの城の使用人たちの質が落ちたのではないですか？　前王の時には、こんなことありませんでしたよ」

彼女たちは誰なのだろうと、呆気《あっけ》に取られていると、エミリオンと視線が重なった。明らかに助けを求めているが、雪崩のごとく襲い掛かる彼女たちの話を遮るのは、至難の業である。

「げ！　大おば様方」

他の使用人に連れて来られたガルスニエルが、大きな声を出した。すると、彼女たちの視線はエミリオンから私たちの方へと向いてしまった。

「まあ！　ガルスニエル、なんです、その口の利き方は」

「先日の離宮に向かう途中に逃げ出した件について、まだ謝罪の言葉を聞いていませんよ。我々は、あなたを迎える準備をしていたのですから」

「服が着崩れていますよ。だらしない。こちらへいらっしゃい」

ガルスニエルが逃げるよりも早く、杖《つえ》を使って追いかけてきた三人の婦人たち。彼女たちは少年を確保すると、服装が乱れているだの、姿勢が悪いだの、矢継ぎ早に注意を浴びせている。

「ジョジュ様、彼女たちは、先々代の王である、故ミハイル王の妹様方です。左から、アナスタシア様、ソーニャ様、エリザベータ様で、ミハイル様が現役の際には、ニックス城を先々代の王妃と共に、統括されていらっしゃいました。現在は一線を退かれて、離宮にお住まいのはずなのですが……」

彼女たちに聞こえないよう、小声でゴルヴァンが私に教えてくれた。

うんざりしているガルスニエルを見ていると、彼が離宮行きを泣いて嫌がっていた理由がよく分かった気がした。

『近いうちに人を送りますからね、ジョジュ』

今朝のイリーナの言葉が、脳裏に浮かぶ。

もしかしたら、人を送ると言ったのは、彼女たちのことだったのではないだろうか。イリーナ。彼女は一体何者なのだろうか。

「あなたが噂《うわさ》のドルマン王国の王女ね」

ぐったりしているガルスニエルを解放した後、アナスタシアが見定めるような視線を私に送った。

部屋の中が、急に静まり返った。

私は慌てる気持ちをなるべく前に出さないよう、息を整えると、一歩前にでて挨拶をする。

「お初にお目にかかります。ドルマン王国からやってまいりました。ジョジュと申します」

アナスタシアは「礼儀はなっているようね」とだけ私に言い放つと、持っていた小さな鞄《かばん》の中から一通の手紙を取り出し、エミリオンに渡した。

「とある方から、ドルマン王国から来た王女、ジョジュ・ヒッテーヌを一時的に離宮で預かり、ロニーノ王国における王妃教育を行ってほしいと頼まれました。正直に申しまして、ドルマン王国に、我々の世代はあまり良《い》い印象を抱いておりません。その意味はお分かりですわね」

アナスタシアの視線が、私に向いた。

「はい。ドルマン王国は先代の王の時代まで盛んに奴隷を使役しておりました。国内の人間だけでなく、各国から、もちろんこのロニーノ王国からも奴隷を買い付けていました。南方のイタカリーナ王国とアダブランカ王国の奴隷制度廃止運動によって奴隷貿易が禁止されるまで、祖国が残虐非道な行いを続けたのは事実です。……言葉もありません」

「歴史的な問題について、あなたが責任を負う必要があるとは申しておりません。我々三人は断る選択肢もありましたが、話し合った結果、王妃教育を引き受けようと決定いたしました。エミリオン王。その署名が誰のものであるのか知っていますね。何か反論があるようでしたら、ここで述べてください」

アナスタシアの言葉に、エミリオンは首を横に振った。

「異論はないが、本人の希望も尊重してほしい」

「ジョジュ王女。あなたはいかがですか？」

これは、イリーナが与えてくれた千載一遇の機会だ。断ってしまえば、エミリオンの祖父であるミハイル王の妹たちから、ロニーノ王国について学ぶ機会はこの先やってこないだろう。また、彼女たちとの交流自体が、今後王宮で生活する私にとって心強いものになるはずだ。

「ぜひ、お願いいたします」

「よろしい。まず、王妃になる者としての初仕事は、今度の舞踏会の主催がよいわね」

＊＊＊

次の日の朝、荷物をまとめて離宮へ向かった。アナスタシアたちの意向で、結局ガルスニエルも同行するらしい。お目付け役のバルジャン公爵と、護衛のゴルヴァン、そして私の身の回りの世話役としてフローラと、大所帯で移動する予定だ。

エミリオンに晩餐《ばんさん》会の夜にヴィオラとどうしたのかと尋ねられないまま、別れを告げたのが心残りだった。

しかし、イリーナの言葉を思い出し、今は他のことを優先しようと心の内に封印すると決めた。元々、愛を求めるなと言われ、了承したのだ。今更、何を言う必要も権利もない。

離宮というくらいなのだから、テオフィロス城は、ニックス城からかなり離れた場所にあると思っていた。

しかし、ニックス城とテオフィロス城は同じ敷地内の目と鼻の先にあるようで、歩いて十数分、馬車で移動しても数分のところにあるらしい。

城に到着すると、セルゲイと名乗る初老の執事が出迎えてくれた。

「アナスタシア様が、ジョジュ様をお待ちです」

私はガルスニエルと分かれて、アナスタシアの元に向かった。どうやら幼い王子には、ソーニャとエリザベータが二人がかりで再教育を行うつもりらしい。

案内されたのは、真紅に草模様の描かれた大きな絨毯《じゅうたん》の上に、小さな丸テーブルと二脚の椅子が置いてあるだけの簡素な部屋だった。

「本日より、どうぞよろしくお願いいたします」

部屋に入るなり、私はアナスタシアに挨拶をした。

「そちらへお掛けなさい」

部屋で待ち受けていたアナスタシアに言われて、私は椅子に掛ける。

「改めまして、アナスタシアと申します。あなたの王妃教育は、私が担当することになりました。普段は、離宮テオフィロス城を管理しています」

アナスタシアが、セルゲイに「あの資料を」と声をかける。すると初老の執事は静かに頭を下げて、棚に置かれていた大量の資料を小さな丸テーブルの上へと置いた。

「これは、過去に開催された舞踏会の内容と招待客のリストが書かれたものです。一度目を通すとよいでしょう」

「拝見しても、よろしいのですか？」

「あなたが、ロニーノ王国の歴史を理解していて、今までどのような舞踏会が行われているのか答えられるのでしたら、今すぐこの資料を下げてもよろしいのですよ」

受け取った資料に、早速目を通すと、過去には様々な題材をテーマにして舞踏会は開催されていたらしい。

ドルマン王国では、決まった演目に音楽、そして、流行のドレスを着ていくのがお決まりの舞踏会ばかりだった。

「こちら、ありがたく参考にさせていただきます。アナスタシア様」

「開催まで、あまり日がありません。その中で、あなたは誰もが納得する舞踏会を準備しなければなりません」

「誰もが納得する……」

「舞踏会に集まる人々は、あなたの王妃としての手腕を確かめようとやってきます。あなたは、ドルマン王国から来た『お客様』。この国の貴族の娘が王妃になるよりも、ずっと難しい」

「……ええ、それは存じております」

「だからこそ、誰もが感嘆し、あなたを尊敬するような舞踏会にする必要があります。それには、無難なだけでは不充分。例えば、この中にもないような舞踏会をあなた自身で考え出してみなさい」

資料すべてに目を通し、この中にないような、そしてアナスタシアが納得するような舞踏会を開催することができるのだろうか。

二日後の午後までに舞踏会の案を持ってくるようにと指示を受けて、私はフローラが待つ自室へ戻った。

木枠の窓には、小花柄の薄緑のカーテンがかかっており、白く塗られた木枠のベッドには、カーテンと同じ柄のベッドシーツがかけられている。壁は、赤く塗られ、たくさんの絵もかけられていた。

ニックス城の王妃の部屋に比べて、ややこぢんまりした部屋ではあるものの、私はすぐにこのテオフィロス城が好きになった。

＊＊＊

「ジョジュ様。昨晩遅くまで起きていらしたんですね。クマがひどいですわ」

「アナスタシア様にお借りした資料を今日の午前中までに目を通したくて、昨晩無理をしてしまったの。よい案が浮かべばいいのだけれど」

た。

「ジョジュ様なら大丈夫ですよ」

私の黄金の髪の毛に櫛《くし》を通しながら、フローラは私を安心させるように優しい声で答えた。

全ての資料に目を通し昼食を終えると、私は出かける支度をしてフローラと共にニックス城へ戻ることにした。弱音を吐いて逃げ出すのではなく、図書室でロニーノ王国の文化について調べるつもりだからだ。

離宮にも図書室はあったのだが、ニックス城の蔵書に比べるとやや物足りないところがある。

アナスタシアには、明日の期限までは好きに過ごしていいと許可をもらっているので、調べ物はテオフィロス城でするといった制限はない。

馬車に揺られ、ニックス城へ戻る。

驚いた表情を浮かべている使用人たちに微笑《ほほえ》んで、私はまっすぐ図書室へと向かった。

図書室には、誰もいなかった。

私は、早速紙を取り出して、数冊の本から、ロニーノ王国の歴史や文化など目ぼしいものを選んで書き留めていく。

どのくらいの時間を過ごしていただろうか。

突然図書室の扉が開く音がして、視線を向けると、そこにはヴィオラ・サドルノフが立っていた。

「妃殿下、少しお時間よろしいでしょうか？」

彼女は調べ物をしに来た訳ではないらしい。私を射貫くような鋭い視線とその一言でわかった。

「ええ。大丈夫よ」

「ロニガル語、お上手なのですね」

「拙いところもありますが、褒めていただけて恐縮だわ。ところで、お話があるのではないですか？」

私は、あえてヴィオラを急《せ》かした。

早く調べ物の続きがしたかったし、エミリオンとの件もあって、なるべく彼女と関わる時間を増やしたくなかったからだ。

「ドルマン王国の方は、ロニーノ王国の人間とゆっくり話す時間もとりたくないのですね」

ヴィオラは、私の言葉の意図に気がついたようで、ムッとした態度を隠さずに嫌みを返してきた。

「サドルノフ公爵令嬢。そういったつもりはありません」

「では、お隣座ってもよろしくて？」

「ええ、問題ないわ」

ヴィオラは、無理やり隣に座ると、私の調べている蔵書を舐《な》めつくすように見る。そして、小さな声で「私が、幼い頃に読んだ本ばかり……」と呟《つぶや》いた。

「優秀な教育を受けておいでだったのですね。私は、まだここに来て日が浅いので、一から勉強しております」

ヴィオラから不穏な空気を感じ取った私は、なるべく事を荒立てないように、今度は、言葉を選んで返事をした。

「あなたが、王妃になるのを、私は認めたくないわ。ドルマン王国に帰っていただきたいの」

それが、言いたかったことのようだ。

私はゆっくりヴィオラの方を見る。彼女の気持ちを受け止めたところで、私はこの国の王妃になる以外に選択肢は残されていない。

「サドルノフ公爵令嬢。妃殿下に対して、お言葉が過ぎます」

近くで控えていたフローラが、ヴィオラに注意をしたが、結果として火に油を注いでしまった。

「まあ、たかだか侍女が口を挟むなんて生意気な。私はこのお方と話をしておりますのよ。それとも次期王妃のそばにいて、自分の身分も高くなったとでも勘違いしていらっしゃるのかしら？　みすぼらしい使用人は下がっておいでなさい」

非常に侮蔑的な発言だった。

立場の差を引き合いに出して強く言われてしまったら、フローラは顔を赤くして黙るしかない。

本来であれば、フローラに守ってもらう立場であったのは、ヴィオラのはずだった。彼女の輝かしい未来を奪い去っていった私の全てが、気に食わないのは当然だ。

しかし、フローラを侮蔑するのは、許せない。

「サドルノフ公爵令嬢。先ほどのような発言は、今後控えていただけますか？」

「先ほどの発言とは、どういう意味ですの？」

「フローラに対して、失礼な発言があったと認識はないのですか？」

「事実を言って何がいけないのかしら？　貴族は貴族。使用人は使用人よ。それとも、近隣諸国の人間を大量に犠牲にしてきた歴史をお持ちのドルマン王国出身で、あのような噂《うわさ》を持つあなたが、人間はすべて平等だなんて偽善者のような真似《まね》をするおつもりかしら？」

挑発だと分かっている。私を怒らせようとしているのだ。そもそも、晩餐会の席でわざわざドレスを合わせてくるような性格の持ち主だ。私に対して、嫌悪以外の気持ちを持ち合わせているはずがない。

「一言一句同じ内容の発言を、陛下の前でも申し上げていただけるのでしたら、謝罪の要求は撤回いたします」

エミリオンの話題を出すと、ヴィオラの頬がピクリと動いた。

「エミリオンは、あなたなんか愛していないのよ。それなのに、付き合いの長い私を蔑《ないがし》ろにして、あなたの言葉を信じるかしら？」

「時と場合によっては、信じていただけると思っていますわ」

「何をおっしゃっているの？　祖国では、誰もあなたの話を信じていなかったから、追い出されたのでしょう。私は、ロニーノ王国で王家をお支えする由緒正しいサドルノフ家の人間なのよ。この国の鉄道事業の中心は、私たち一家が担っている。あなたは、他国の王女とはいえ、国を追い出された身よね？　この国で、王妃になる価値なんて、あるのかしら。みんな噂しているもの、とんでもない女が、ドルマン王国から押し付けられたってね」

嘲笑《あざわら》いながら、ヴィオラは言った。

きっと、この言葉が、ロニーノ王国の人間たちからの、私への本音なのだ。荷物が燃やされたり、ガルスニエルへ私の悪評を流したりしたのも、根底にこのような考えがあったからだ。

「陛下こちらです」

部屋の外で声が聞こえ、慌てた様子のエミリオンが図書室へ飛び込んできた。

「なぜ、サドルノフ公爵令嬢がここに？」

「調べ物をしようとしていたら、妃殿下がいたのでお話ししていただけですわ」

エミリオンが現れた瞬間まるで女神のような微笑みを浮かべてヴィオラはエミリオンの方へとすり寄った。

エミリオンは何も答えずに、私とフローラの方を見つめた。

「サドルノフ公爵令嬢。少し彼女たちと話をしなければならない。席を外してくれないか」

衛兵たちにヴィオラを送るように指示を出した。

ヴィオラは不満げな表情を一瞬浮かべたものの、すぐに礼儀正しくお辞儀をして図書室を出て行った。

「陛下、妃殿下。ごきげんよう」

ヴィオラが去った後、エミリオンは「何があった？」と私たちに尋ねた。

フローラが報告しようとするのを、私は制した。

「この国について、サドルノフ公爵令嬢にお伺いしていただけです。とても親切に、色々と教えてくださいましたわ。図書室で調べ物が終わりましたので、離宮に戻りますね」

エミリオンに泣きついて問題を解決する方法を、今は取りたくなかった。

ヴィオラの件を報告し、彼女を処罰してもらうのは簡単だろう。けれども、アナスタシアの言っていた通り、この国で私はまだお客様であり、王妃として尊敬されているわけではない。

「本当によろしかったのですか？　ジョジュ様」

帰りの馬車の中で、フローラが眉尻を下げながら私に尋ねた。

「あなたを侮辱した件について、陛下に報告できなくて申し訳ないわ。守ろうとしてくれたのに、嫌な思いをさせてしまってごめんなさい」

「とんでもない。ジョジュ様が謝る必要はございません。私は、ジョジュ様が王妃になると決まって、心からよかったと思っておりますよ。よい舞踏会を開催して、サドルノフ公爵令嬢に、ぎゃふんと言わせてやりましょう」

「ぎゃふんって、彼女は絶対言わないわ」

フローラの言葉に私が笑うと「ジョジュ様、笑いすぎですよ」と彼女も一緒に笑うのだった。

＊＊＊

次の日、私は舞踏会の案を持ってアナスタシアのところへ向かった。

企画案を受け取り、目を通したアナスタシアは「これをやるのは、大変よ」と眉をひそめた。

私の提出した舞踏会のテーマは、ロニーノ王国の歴史だ。ロニーノ王国の起源とされる少女神サイアの生きていた時代から、現代まで。様々な伝統衣装や、伝統的な食事を並べ、ロニーノ王国の歴史に感謝し、新たな一歩を共に歩んでいこうといったテーマでもある。

「今までに、こういった趣向はありましたか？」

「ないけれど、開催まで日数も少ないわ。この内容では、必要なものを探すだけで、半年はかかる。費用だって上限があるのよ」

私はもう一枚紙を取り出して、アナスタシアに予算額を見せた。

「今朝、ニックス城にいる財務部部長のエレーナ・アヴェリンに、本年度の予算に舞踏会費を計上してもらって、何にどれだけ使えるかは把握しております」

「セルゲイ。私の眼鏡を出してちょうだい。文字が細かくて読めないわ」

「承知しました」

セルゲイから受け取った眼鏡をかけたアナスタシアは、予算額が記載されている書類に目を通す。

「衣装の分が記載されていないようだけれど、どうするつもりなの？　まさか全員分の費用を出す気ではないわよね？」

「展示用の民族衣装に関しては、バルジャン公爵に確認をとったところ、いくつかは、城の保管庫にあるとのことでした。来場いただく方々に関して、こちらが準備するのではなく、各々に好きな時代のものをご用意のうえ着てきていただくのはどうでしょう? 舞踏会に向けて、衣装を新調するつもりの方も多いでしょうから、そんなに反発は出ないと思います」

アナスタシアが書類から目を外し、私をじっと見つめた。何か変な発言をしてしまったのではないかと不安になって、口を閉じる。

「何を黙っているの? 聞いているわ。続けてちょうだい」

アナスタシアが眉をひそめたので、私は発言を続けた。

「浮いた費用は、食材費に回そうと考えています。歴史という点も含めて、今回は、庶民の食事も取り入れるつもりです」

「庶民の食事?」

「ロニーノ王国は、貴族だけで成り立ってきたわけではないと思います。それに、陛下が注力していらっしゃる鉄道に関しては、平民たちが使う機会も、今後あるわけです。先日、陛下にとても素敵なお食事を提供している店を紹介していただきまして、朝一でゴルヴァンに確認しに行ってもらい、許可を頂いています。お支払いする費用に関しても、そちらの書類に計上済みです」

「何がなんでも、この案でやりたいようね」

「はい。アナスタシア様に了承していただけましたら、すべてが動き始めるところまできております」

「あなた、寝ていないでしょう。クマがひどいわ」

「ご了承いただけますか？」

「ええ、いいわ。面白そうだもの。好きにやってごらんなさい」

「ありがとうございます」

「泣いてすがってくるかと思ったけれど、どこかの先々代王妃と一緒に仕事をしていた日々を思いだしそうな気がしてきたわね」

「先々代の王妃ですか？」

アナスタシアは、懐かしそうな表情を浮かべ近くに控えていた執事に声をかけた。

「破天荒な案を持ってくるところや、目的の為《ため》なら粘り強いところなんか、そっくりじゃない？　セルゲイ」

セルゲイも、アナスタシアと同じように懐かしそうな表情を浮かべた後、神妙な面持ちで「あの日々が、懐かしくございますね」と頷《うなず》いた。

＊＊＊

アナスタシアに許可を貰《もら》ってからが、忙しい日々の始まりだった。まずは食事について、ニックス城の料理長と話し合った。

そのうちの一部、特に庶民の間でよく食べられているレシピについては「グラーピンの店」の店主に提案してもらうつもりだ。ボルドウィンと妻のノンナには、わざわざ離宮まで来てもらうことにした。

「こ、こんな綺麗《きれい》な場所、俺たちが入っちまって大丈夫なのですか？　妃殿下」

「そ、そうですよ。見つかったら、妃殿下が叱られてしまうんじゃありませんか？」

グラーピン夫妻は、離宮とはいえ城に足を運ぶのが初めてだったようで、椅子に座ってカチコチに緊張していた。

「ここの城を管理されているアナスタシア様から許可をいただいているので、大丈夫ですよ。こちらの紅茶と茶菓子もアナスタシア様からの差し入れです」

アナスタシアが用意してくれた茶菓子と紅茶を差し出して、私は彼らを安心させるように言った。

アナスタシアは、離宮が騒がしくなるのを嫌がると思っていたが、意外にも協力的であった。話し合いの場所に困っていた私に、離宮を使ってもよいと言ってくれたのだ。そのうえ、グラーピン夫妻がやってくる日程が分かると、珍しい菓子や紅茶を用意しておいてくれた。

「ただの平民の私たちに、こんな上等な物をわざわざ出して頂いて……。これでお役に立てなかったら、無礼極まりないよ。あんた、しっかりやるよ！」

アナスタシアのささやかなおもてなしに感激したノンナが、夫の背中をバシッと叩《たた》いて、気合を入れた。

はじめはしどろもどろだったボルドウィンも料理の話となると、真剣な表情で当日出す伝統料理の案について話し合いに応じてくれた。

料理の内容がおおむね決まると、招待状の準備に取り掛かった。

招待状の準備は、使用人に任せることもできたが、自分で書きたかった。それでも一人ですべてを担うには骨が折れる作業であったので、マリアンヌにお願いをして何人かの貴婦人たちに手伝ってもらった。

連日、たくさんの招待状を一枚一枚丁寧に綴《つづ》っていく。

ロニーノ王国の淑女たちの間では、離宮での舞踏会の準備が、ちょっとした話題になっているのだと、手伝いに来てくれた貴婦人が教えてくれた。

＊＊＊

手書きの招待状の中身を確認し、主催者である自身の署名を書いて、一枚一枚封筒に入れ終えた後、封蠟《ふうろう》で閉じている時だった。

「きっと、裁縫師は、怪訝《けげん》に思うに違いありませんわ。流行のドレスではなくて、昔風のドレスを注文する方が多いんですもの」

誰かが神妙な面持ちで言ったので、笑いが起こった。疲れ切った雰囲気が一気に消え去っていく。

笑い声が気になったガルスニエルが、自分の部屋から脱走したらしい。ソーニャにこっぴどく叱られているのが、ドア越しに聞こえた。

「そういえば、妃殿下。一つ気になっていましたの。名前の綴りなのですけれど……」

騒がしかった部屋が落ち着くと、マリアンヌが私に手紙の差出人部分を指して尋ねた。綴りの一部が、ドルチェニア語で表記されていたので気になったらしい。

「ああ、これはこのままで大丈夫よ。戴冠式が終わった後は、ロニガル語で記載するわ。むしろ、戴冠式が終わらないと、正式にロニガル語で名乗れないらしいの」

「まあ、そのような制約があったのですね。間違いではないのでしたら安心しました」

「細かいところまで気付いてくれてありがとう」

マリアンヌをはじめとする貴婦人たちに手伝ってもらったおかげで、招待状は発送するだけになった。

夕食を取り終わった後、会場の装飾について上がってきた報告書に目を通していると、ノックの音が聞こえた。もしかしてバルジャン公爵かもしれないと私は顔を上げた。

彼にはあることを頼んでいたのだ。

ロニーノ王国の東部に位置するビジ地方には、ビジベリーという特産品がある。ビジベリーを使った果実酒やジャムなどは非常に味がよく、他国からも求められるほどだ。そういった加工品はもちろん取り寄せているが、今回はビジベリーの苗木もどうしても欲しかった。

他に産業の少ないビジ地方唯一の特産物なので、苗木は国内でも他の地域にはほとんど出回らない。だからこそ、会場に展示して多くの人に見てもらいたいのだ。極寒の地に豊かな実りをもたらす果樹を。

だが、それだけ貴重なものだ。手紙だけではビジ地方の領主は絶対に応じないとわかっていた。

私が直接ビジ地方に行っていては、舞踏会の準備が間に合わなくなると嘆いているところに、バルジャン公爵が名乗りを上げてくれたのだ。

「私が行きましょう。幸いガルスニエル様には、ソーニャ様たちがお目付け役としていらっしゃいますし、手が空いております」

結果はどうだったのか聞かなくてはと思った私は、「どうぞ、今手が離せないから、入ってちょうだい」と返事をする。

しかし、ガチャッと扉が開いて部屋に入ってきたのは、バルジャン公爵ではなくエミリオンだった。

「陛下……」

なぜ、エミリオンがいるのか分からなかった。

「今、大丈夫か？」

「ええ、問題ありません。ここ、片付けますね」

部屋が舞踏会の準備の資料や招待状の山で溢《あふ》れていたので、私は慌てて立ち上がり片付けようとした。

「片付けなくていい」

忙《せわ》しなく動く私の手を取って、エミリオンが止めた。エミリオンの身体《からだ》はひどく冷たかった。

「陛下、もしかして歩いていらっしゃったのですか？　お身体が冷えています。お茶を淹《い》れてもらうように、誰かに頼みますね」

「お茶は必要ない」

部屋から出て誰かを呼びに行こうとしている私に、エミリオンは椅子に座りなおすように促した。私は椅子に座りなおすと、気持ちばかり机の上を整理整頓した。

「陛下が来ると分かっていれば、もう少し綺麗にしたのですが。ところで今夜は一体どうされたのですか？」

「城にいないにもかかわらず、あなたの噂《うわさ》を聞かない日がないのでな。顔を見たくなったのだ。舞踏会の進捗状況も聞かせてくれ」

エミリオンに言われて、私は今度開催する舞踏会の概要を簡単に話した。

ロニーノ王国の歴史を辿《たど》り、全土から特産品を集めていること。

庶民の文化も紹介できるよう、食事は「グラーピンの店」にも協力してもらっていることなど。

話を聞き終えたエミリオンは、「そこまでしているのか」と驚いていた。

「招待状に関しては、マリアンヌや、彼女の友人の協力がなかったら難しかったです。バルジャン公爵も、今ビジ地方まで足を運んで交渉してくださっているし、アナスタシア様も、話の通じる旧体制派の方々に、参加するよう声をかけてくださっているみたいで……。私一人の手柄ではないのです」

「簡単に人に手を貸さない者ばかりだ。彼らは、あなただから手を貸すのだろうな」

エミリオンから最大級の褒め言葉を受けて、私はくすぐったい気持ちになった。

「今回の舞踏会の準備で、改めてロニーノ王国について学べました。今後この国がより発展するよう、私も尽力いたします」

優しく微笑《ほほえ》むエミリオンを見て、心の奥から何かせりあがるものを感じた。

その時、私は初めてエミリオンを異性として意識していることを自覚した。打ち明けられない感情を、秘めたまま持っていることは可能なのだろうか。

行く当てのない気持ちの扱い方を考えていると、再び部屋の扉をノックする音が聞こえた。

寒さに震えるバルジャン公爵が「妃殿下！　ビジベリーの苗木を分けていただきましたよ！」と部屋の中へ興奮気味に入ってきた。

「ご苦労だ。バルジャン公爵」

「へ、陛下！　い、いらしていたのですね！」

「淑女の部屋へ、返事も待たずに入ってくるとは、いつもそのような無礼を働いているわけではあるまいな」

「大変申し訳ありません。今夜限りの失態でございます」

「あなたが、私の妻によく尽くしていると、先ほど聞いた。今夜はゆっくり休まれよ」

エミリオンは席から立ち上がり、震えるバルジャン公爵に声をかける。

「有難《ありがた》き、お言葉に感謝いたします。妃殿下。明日、ビジベリーの苗木について、改めてご報告いたします」

バルジャン公爵は、私とエミリオンに気を使ってか、慌てて部屋を出て行った。

「あのように溌剌《はつらつ》と話すのだな。バルジャン公爵は」

「敬愛する陛下の前だと、緊張してしまうらしいですよ」

「委縮しているのか。今度、二人で酒でも飲んだら、少し緊張も和らぐかもしれないな」

冗談めいた口調で言うエミリオンに、私は思わず笑ってしまった。

「ところで、サドルノフ公爵令嬢の件だが、兄のマルゴナとも相談をしているところだ。もう少し、彼女の感情が落ち着くまで待ってくれないか」

突然、エミリオンがヴィオラの話を持ち出したので、私は驚いて彼の方を見た。

「……陛下、気付いていらしたのですね」

「図書室にいた日、サドルノフ公爵令嬢に本当に親切にしてもらったわけではないだろう？」

エミリオンの質問に、私は小さく首を横に振った。彼が、ヴィオラの件に気が付いてくれていただけで、充分気持ちが救われた。

「ありがとうございます。陛下。私は大丈夫です。今、充実していますし、離宮には親切な方々も大勢いらっしゃいます」

感謝の気持ちを込めて伝えると、エミリオンは心なしか寂しそうな表情を浮かべた。

「……大丈夫だったら、出て行かないだろう」

小さな声でエミリオンが呟《つぶや》いたので、私はよく聞き取れなかった。

「すみません。陛下。大変恐縮ですが、もう一度おっしゃっていただけませんか？」

「私は、あなた以外に、妻も愛人も迎えるつもりはない。だから、安心してニックス城に戻ってきてほしいと言ったのだ」

はっきりと大きな声で、エミリオンは私の目を見て言った。

「陛下、あの……」

「では、まだやり残した仕事があるので失礼する」

戸惑う私を見て、エミリオンは我に返ったように部屋を出て行ってしまった。残された私は、ぼーっとした頭でエミリオンの言葉を反芻《はんすう》する。

それと同時に『エミリオン王の名誉のために言っておくけれど、あの子はそこまで愚かではないわよ』と温室で言われたイリーナの言葉が脳裏に浮かぶのだった。

# 第八章　月夜の舞踏会

雲ひとつない夜空に浮かんだ月と星が、まるで舞踏会の開催を祝うかのように、ニックス城を明るく照らしていた。

ここのところずっと離宮に寝泊まりしていて、昨夜ようやくニックス城に戻ってきた。私を導き、アナスタシアたちと引き合わせてくれただろうイリーナにも、舞踏会に来てほしかった。前日の、しかも夜遅くになってしまったが、温室に招待状を置いてきた。今夜来てくれるだろうか。

私はエメラルド色のドレスを身にまとっていた。少女神サイアの物語に出てくる、異国からやってきた草木の女神をイメージしたものだ。草木の女神伝説がある南西部地方の伝統衣装に施される刺繍《ししゅう》も入れてもらっている。この舞踏会のための特注品なので、誰とも重ならないだろう。

舞踏会の会場は、ニックス城の中でも最も大きな広間だ。私は最後の確認をするため、広間に入った。

ロニーノ王国の歴史が描かれた巨大なタペストリーが、天井から吊《つ》るされている。本当は、すべての窓ガラスをロニーノ王国の発展の歴史を描いたステンドグラスに替えたかった。

しかし、さすがに時間が足りなかった。

代わりに見つけたのが、城の宝物庫の中から展示用の伝統衣装を取り出す際に、一緒に保存されていたタペストリーだ。ずっと宝物庫の中で埃《ほこり》をかぶっていたせいか、保存状態は悪くなかった。破損することがあってはならないと専門の職人を呼んで、綺麗《きれい》に掃除してもらったのだ。

会場には、タペストリーだけでなく、様々な調度品もいたるところに並べている。

もちろん、バルジャン公爵が出向いて借りてきたビジベリーの苗木も置いてある。

音楽は、ロニーノ王国の民謡から、最新舞台の音楽まで様々なものを準備した。若い世代から、年を重ねた世代まで楽しんでもらえたらと思っている。

食事に関しては、出来立てのものを提供するために、調理担当の使用人たちに厨房《ちゅうぼう》に待機してもらっている。

残りは、招待客が入って、開催の挨拶をするだけだ。

確認作業を終えて一息ついた時、背後から「ジョジュ様」と名前を呼ばれた。振り返ると、そこに立っていたのは、離宮テオフィロス城で仕えていた執事のセルゲイだった。

「どうしたのですか？」

「アナスタシア様たちから、少し時間を取ってもらえないかと申し付かっております」

「分かったわ」

今夜の舞踏会に彼女たちも招待しているのだが、一体どうしたのだろうか。もしかして、体調が悪くなってしまったのかもしれない。心配になって、彼女たちが使っている控室へと向かった。

控室に到着してノックをすると「どうぞ」と元気そうなアナスタシアの声が聞こえた。

部屋の中には、ロニーノ王国の動物を代表するトナカイの刺繍が縫われているドレスに身を包んだ婦人たちが、私を待ち構えていた。パールで作られたトナカイの角を模した髪飾りも、少しずつ形は違うものの、お揃《そろ》いで作ったらしい。

「今夜は、お忙しい中ご足労いただきまして、誠に御礼申し上げます」

「こちらこそ、お招きいただきまして感謝いたします。さあ、かた苦しい挨拶はもういいわ。ジョジュ。こちらへいらっしゃい」

アナスタシアが手招きすると、ソーニャが「セルゲイ、あれを持ってきてちょうだい」と執事に指示を出した。セルゲイは、両手にちょうど載るくらいの木箱を持ってきて、私の目の前で蓋を開いた。

「私たちからの贈り物よ」

エリザベータが、驚く私に対して得意げに言った。

そこには、大きなエメラルドが目を惹《ひ》く髪飾りが入っていた。

草木の女神を表現しているのだろうか。手のひらほどの長さのある黄金の枝に、エメラルドとダイヤモンドの花がいくつか咲き誇っている。

「このような素晴らしいものを、頂いてしまってよろしいのですか？」

「この舞踏会の開催にたどり着けたご褒美と思えばよろしいのよ。それに、この贈り物を受け取れば、少しは動きやすくなるでしょう。私たちは、新体制派と旧体制派のどちらかに権力が傾きすぎないよう中立で見守る立場。表立って援護はできませんが、この髪飾りを誰に贈られたかぐらいは明かしてかまいません」

戸惑っている私に、アナスタシアが微笑んだ。

「アナスタシアお姉様のおっしゃる通り。あなたが、草木の女神をイメージしたドレスを発注したって言っていたから、大慌てで宝飾職人に依頼したのよ」

「アナスタシアお姉様ったら、急に言い出すんだもの。間に合ってよかったわ」

ソーニャの言葉にエリザベータが深く頷《うなず》いた。

「お心遣いに感謝いたします……」

感謝の言葉を述べていると、ふいに涙が溢《あふ》れてきた。高価な贈り物を貰《もら》ったからではない。私が舞踏会において窮屈な思いをしないようにという彼女たちの気持ちが温かかった。敵国の王女であった私に、彼女たちがここまでしてくれたことに、胸が熱くなる。

「なに、泣いているのよ。フローラ、つけておやりなさい」

「承知しました。アナスタシア様」

フローラが私の髪の毛にエメラルドの髪飾りをつけようとした時、ソーニャが口を挟んだので、感動の空気が一変した。

「あら、フローラ。私はここら辺につけると思っていたわ。ねえ、エリザベータ」

「あら嫌だ、ソーニャお姉様はセンスがないんじゃありません？　絶対にここよ」

「何を言っているの、エリザベータ。私は、ここがいいと思うわ。見える位置が重要よ」

「アナスタシアお姉様と、エリザベータの方が、センスがないんじゃありませんか？」

「何を言っているの、ソーニャ。エリザベータより私が、センスがないなんて、あるわけないじゃないの」

「失礼ね！　お姉様方よりはあるわよ」

わしわしと頭を撫《な》でられ、髪飾りの位置が彼女たちの口論によって、どんどん変わっていく。

「では、お三方のご意見を取って、頭のてっぺんにおくのはいかがでしょう？」

しびれを切らしたフローラが、エメラルドの髪飾りをつむじの上に置いたので、三人の婦人から「ふざけるのはおよしさない」とツッコミが入るのだった。

＊＊＊

アナスタシアたちから贈られたエメラルドの髪飾りをつけて、始まったばかりの晩餐会《ばんさん》の様子を眺めていた。

私の評判がよくないという理由で、不参加の人間が多かったらどうしようと不安だった。

しかし、それはどうやら杞憂《きゆう》だったようだ。ふたを開けてみれば、数年ぶりの舞踏会だからか、招待したほとんどの貴族たちがニックス城につめかけていた。

エメラルドの髪飾りは、思っていた以上に貴族たちに大きな効果を与えた。

気難しい性格から人を避けることが多く、先々代の王妃以外は彼女たちをうまく扱えなかったそうだ。新参者である私の面倒を彼女たちが見ているのは、非常に意外らしい。

「楽しんでいらっしゃいますか？　義姉上《あねうえ》」

身なりを整えたガルスニエルが、胸を張って私の隣に立つ。

「ええ。大丈夫。今日は素敵なお衣装ね」

「ロニーノの大騎士である、フォルティス将軍の衣装です。義姉上の晴れ舞台ですからね。それに、今日の舞踏会でしっかりやらないと、また離宮生活が続くようですから。それは勘弁です」

本音は後者のようだ。

問題児であったガルスニエルを更生させたのも、私だということになっていた。結婚式の晩餐会での悪行を見かねた私が離宮に連れて行ったことになっているらしい。このこともまた、貴族たちが私を信頼し始めた一つの理由になっているようだ。

私は意気揚々と胸を張って立っているガルスニエルに苦笑して「頑張ってね」と声を掛けた。

招待客がほぼ揃ったのと、定刻になったのを見計らって、ワルツが演奏される。

若い男女が広間の中心に集まってワルツを踊る中で、ガルスニエルとアルムも手を取り合って踊っていた。二人とも立派な貴族に見えると、普段の様子を知っている私は少しだけ嬉《うれ》しいような気恥ずかしいような気持ちになった。

エミリオンは、レックス家初代当主でありロニーノ王国を作ったと言われている王の衣装を身に着けていた。愛国心のあるエミリオンらしい衣装の選び方だと思った。

ダンスを終えた若者たちと挨拶をするため、私はエミリオンの隣にいなければならない。

先日のエミリオンの言った台詞《せりふ》の意味を尋ねたかったが、聞けるような状況ではなかった。

ダンスが終わると踊っていた若い男女が列を成して、エミリオンと私の方へ向かって挨拶をしてくる。

招待客の貴族たちについては、アナスタシアたちから舞踏会の準備の合間に情報を叩《たた》き込まれている。必死で覚えた内容を踏まえて一人一人に声をかけると、感激した様子の者もいた。

挨拶が一段落すると、ヴィオラもこちらにやってきた。

ヴィオラは、私と同じく少女神サイアの物語に出てくる情熱的な炎の女神をイメージしたドレスを身にまとっていた。太陽のように燃えさかるオレンジ色の生地の上に、赤、黄、白とたくさんの輝くビーズが縫い付けられている。

物語の中で、炎の女神は、決して相容《あいい》れぬ水の戦士に恋をする。どうやら、エミリオンに対する隠す気のない秘めた想《おも》いを表現しているらしかった。

「今宵《こよい》は、美しい月夜でございますね」

エミリオンに向かってそれだけ言うと、私のほうは見向きもせずに彼女は付き添いの男性とともに立ち去る。

気にしても仕方がないと、私は目の前で開催されている舞踏会に集中した。

今夜の舞踏会は、国内のほぼ全土が鉄道で結ばれたのを祝ったものであるが、未婚の男女のお見合いの場所でもあるようだ。

何組の縁談が、今夜の舞踏会にて成立するかも私の評価に響くようだった。

＊＊＊

若者たちが踊り終わった後、ロニーノ王国の伝統的な民謡の演奏が始まると、会場は一気に沸いた。

誰もが知っている歌を、全員が口ずさむ。

「そろそろ食事の準備に取り掛からないといけないわね」と調理を担当している使用人に声をかけようとした時だった。

なぜか、彼らが持っている料理が貴族専用のものばかりで、グラーピン夫妻の庶民の料理が一つも運ばれてきていない。

「どうした？」

エミリオンが私の様子に気が付いて、小さな声で尋ねてきたので、私はグラーピン夫妻の料理が来ていないと正直に打ち明けた。

会場をバルジャン公爵に任せ、私はエミリオンと共に厨房《ちゅうぼう》へ向かった。すると、そこには困った様子の夫妻が慣れない王宮の厨房で「頼んでいたはずの荷物が届いていないのです」と報告をしてきた。

「何が届いていないの？」

「調理器具です。それに、使うはずだった魚や卵などの材料も届いておりません。妃殿下」

彼らの手元にあるのは、小麦粉とチーズ、そして少しの香辛料だけ。

困っている夫妻を厨房で助ける者はいなかったのだろうか。厨房で働く人々は、夫妻をまるでいないもののように扱い、自分たちの仕事に集中している。

「料理長」

「陛下、どうされましたか」

「この者たちに、なぜ手を貸してやらない？」

料理長は「私は、貸そうと思ったのですが」ともごもご話をしている。

「彼らは私の客人だ。丁重にもてなすようにと指示を受けていなかったのか？」

「しかし、平民が、このような場所に来ているのは何かの間違いだと貴族の方々が……」

名前があがった貴族たちはすべて旧体制派に所属している者だった。

旧体制派の人間たちは、私ではなく、平民であるグラーピン夫妻を狙ったのだ。城に慣れない彼らを守らなくてはいけなかったというのに、どうして気が付かなかったのだろう。

「本当にごめんなさい……」

「いいんです。妃殿下。私たちが自分の荷物をしっかりみていなかったんですから。舞踏会に料理を出せるチャンスをくださったのに……」

ノンナが涙ぐむ。今回の件で一番喜び、張り切っていたのはノンナだった。

「あの料理を作ってくれないか？」

突然エミリオンが、ボルドウィンに言った。

「しかし、陛下。フライパン一つでできてしまうあれは、王宮で出すような料理《もの》では……」

「あなたが作ってくれたあの料理は、故郷のイックル地方に伝わる伝統料理をアレンジしたと言っていなかったか？　だとしたら、ロニーノ王国の歴史の一部に間違いない」

「ですが、時間もなくノンナと二人で準備するには……」

「厨房の者たちの手を借りれば、さほど時間はかからないだろう」

エミリオンは、厨房にいる全員にグラーピン夫妻の手伝いをするように指示を出した。

王が出した命令に逆らう者はいない。先ほどの失態を挽回《ばんかい》しようと使用人たちは夫妻の手伝いを始める。料理長は面白くなさそうな表情を浮かべながらも、足りない食材を夫妻に分け与えていた。

「少し時間稼ぎをしておいてくれ」

エミリオンは、先に会場に戻るように私に言った。近くにいた衛兵たちにグラーピン夫妻の荷物を探すように指示をだし、私は会場へ戻った。

進行表の順番を調整して、食事の次に予定されていたアルムの朗読劇を先に持ってくることに決めた。

「ジョジュ様、大丈夫なのですか？」

私が一人で戻って来たので、気を使ってマリアンヌが近寄って来た。隣に朗読劇の台本を持っているアルムも立っている。どうやら娘の朗読劇の最終確認に付き合っていたらしい。

「状況が、少し変わってしまったの。料理よりも先にアルムの朗読劇を先に持ってくるのは可能かしら？」

「私は大丈夫です。ジョジュ様」

マリアンヌが答えるよりも先にアルムが答えた。

「ありがとう。アルム」

緊張している様子もなく、少女は舞台の中央へ向かって行く。小さなアルムの背中が、大きく頼もしく見えた。

進行を仕切っているバルジャン公爵にも理由を説明して、運ばれていた料理を一旦止めた。

部屋が暗くなり、アルムの周りにだけ明かりが灯《とも》る。

小さな少女の朗読が始まると、食事を先にしろと文句を言うような良識のない人間はいなかったようで、私はホッと胸を撫でおろした。

急遽《きゅうきょ》、順番を変えたにもかかわらず、アルムは立派に役目を果たし終えた。たくさんの拍手の中、少女は恭しくお辞儀をして舞台袖に去っていく。

アルムの朗読が終わったと同時に、ニックス城の厨房で作られた立派な伝統料理たちが、テーブルの上に並べられていった。

料理長が、丁寧にいかにロニーノ王国の歴史的な価値のある食材を使ったか説明している時、エミリオンと共にグラーピン夫妻が会場の中へ入ってきた。

「なんだ。その貧相な食事は。こんな物、食べられるわけがないだろう」

夫妻が一生懸命に料理を並べていると、誰かが声をあげた。

視線が集まった先に並べられていたのは、小麦粉を薄くのばして焼いただけの生地だった。

グラーピン夫妻は委縮してしまい、大勢の貴族を前にして縮こまっている。

見かねたエミリオンが口を挟もうとした時だった。

「私と、我がいとこエミリオンが城を抜け出した時に、振舞ってもらったものじゃないか」

一人の青年が貴族の輪の中から出てきて、薄い生地に、料理長が運んできた伝統料理を包んだ。

赤みがかった茶色の瞳に、肩まで伸びた茶色の髪の毛を耳にかけた青年は、料理を一瞬で平らげる。

「これは、見た目は貧相に見えるが、中にチーズが練り込んであるのだ。なんにでも合う。大皿一枚平らげたこともあったよな。そうだろう、エミリオン」

エミリオンを呼び捨てにした青年は、すぐに二つ目に手を出していた。

「デニス様！」

「デニス様だ！」

貴族たちは、デニスと呼ばれた男を認識すると、一斉に頭を下げた。

戸惑う私に、後ろに控えていたバルジャン公爵が「彼は、陛下のいとこである、デニス・ジートキフ様です」と教えてくれた。

反抗期時代の王子であったエミリオンと共に城を脱走しており、幼い頃からヴィオラたちと過ごしてきた幼馴染《おさななじみ》だ。

「今夜はお前を招待していないはずだ。普段は、舞踏会など肩がこると言って自ら欠席しているくせに、一体どこから入って来た」

エミリオンが呆《あき》れたような口調でデニスに言うと、彼は胸ポケットから一枚の招待状を取り出した。

「それは……」

私の言葉にエミリオンの視線が向いて「どうした？」と尋ねた。その招待状は、私がイリーナへ贈ったものだ。

「なぜ、私が持っているのかって？　それは私が、彼女よりも先に見つけたからだよ」

エミリオンがデニスから招待状を奪い取ろうとすると、彼はひらりと身を翻して、会場の外へと消えていってしまった。

「あの招待状は、本当は誰に贈るつもりだった？」

エミリオンの見ていないところで、勝手に招待状を送ってしまったと判明してしまった今、私は正直に話した。

本当はいけないと思いつつもタペストリーの裏口から地下の温室へ向かったこと。

そこで、イリーナという女性に出会い、アナスタシアたちが派遣されてきたこと。その イリーナに感謝の気持ちを込めて、今夜の舞踏会に招待をしたこと。

話を聞いたエミリオンは、私を咎《とが》めなかった。

「デニスが今夜来るとは。厄介なことになりそうだな」

＊＊＊

舞踏会は明け方まで開催される予定だ。

時計の針が真夜中に回っても、招待した客たちは、広間で舞踏会を楽しんでいた。帰宅する貴族が少ないのは、私の開催した舞踏会の成功を意味している。

グラーピン夫妻の店に出資したいと申し出る貴族がいて、夫妻の成功を私もエミリオンも心から喜んだ。

「今夜の舞踏会は、とても素晴らしいです。妃殿下は、ロニーノ王国をとてもよくご理解されていらっしゃいますね」

わざわざ声をかけてきてくれる貴族も多く、私自身の評価も高まっているように思えた。

「そろそろ部屋へ戻ったら？」

子供たちが眠気に勝てるわけもなく、うつらうつらとしているガルスニエルとアルムに声をかけた。

ガルスニエルは、今夜の舞踏会で非常に礼儀正しく、大おばたちの躾《しつけ》を忠実に守っていた。今後、離宮に呼ばれる機会があっても、更生させるという名目ではなく、親戚の可愛《かわい》い子供として呼ばれることが多くなるに違いない。

「義姉上《あねうえ》と一緒なら、部屋戻る」

眠たいせいか普段の憎たらしさが影を潜めているガルスニエルに、私はクスッと笑った。

「ゴルヴァンかフローラを捜して戻りましょう」

私は子供たちを連れて一瞬その場から離れることにした。

エミリオンに声をかけようと思ったが、オルテル公爵たちと何やら難しい話をしていたので、声はかけずに外へ出た。私のせいでデニスに渡ってしまった招待状の件でも、若干気まずさが残っていたのだ。

会場の外で、メイドたちに口説かれているゴルヴァンを回収し、ガルスニエルたちを部屋に送り届ける。

「会場までお送りいたします。妃殿下」

「今夜は、舞踏会だし、物騒な事件はそうそう起こらないわ。ガルスニエルたちについていてあげて」

心配そうな表情を浮かべるゴルヴァンに断りを入れて、一人で寒い廊下を歩く。

まだ、舞踏会は終わっていない。

けれども、私の中にじわじわと、達成感が溢《あふ》れてきた。

ゴルヴァンの送迎を断ったのも、この達成感を一人で噛《か》みしめたいと思ったからだ。この後も、平穏なまま朝を迎えられるといいのだが。

舞踏会の会場が近くなってきた時、二人の男女が密会している様子が見えた。

舞踏会の夜は、ドルマン王国でもこういった男女の密会が人気のないところで横行していたと、懐かしい気持ちになった。

王位継承権を持つ私は、そのような軽率な行為がないように厳重に監視されていたが。

もしかしたら、私は祖国で少しいい子すぎたのかもしれない。

「ずっとお慕いしております。私、あなたの愛人でもかまいません……」

甘く優しく、相手を慈しむような声。きっと、男性だったら誰でもクラッとしてしまうだろう。

私は、彼女たちの邪魔をしないようにそっとその場を離れようとした時だった。

「サドルノフ公爵令嬢」

ヴィオラの名前を呼ぶ声に、聞き覚えがあって、私は驚いて振り返り、密会している男女の顔を見て、さらに驚いた。

そこにいたのは、エミリオンとヴィオラだったからだ。

二人は、私がいることに気がついていないようだった。

「陛下。私……」

ヴィオラの手がそっと、エミリオンの胸に添えられる。私は見ていられなくて、その場を去ろうとした時だった。

「もう少し様子を見ていきませんか？　妃殿下」

背後から突然声がして、悲鳴をあげそうになったところ、口を塞がれた。

「こんな面白いものは、そうそうお目にかかれませんよ」

もがいて後ろを振り向くと、私の口を塞いでいるのは、エミリオンのいとこのデニスだった。

「その手を離してくれないか？」

　エミリオンの声が廊下に響いたので、私はおもいきり彼の手を振り払ってヴィオラたちの方へ視線を向けた。

「なぜですか、陛下。いえ、エミリオン。私は、幼い頃からあなたの妃《きさき》になるために必死にやってまいりました。私の家族も、あなたにずっと尽くしております。それなのに、なぜです。なぜ、私は選ばれなかったのですか」

「あなたには、申し訳ないと思っている」

「それだけでは、納得できません。父も兄も、仕方がないと一点張りで。それほどまでに、国を展開することが重要ですか？　もう我が国にドルマン王国の後ろ盾など、必要ないでしょう。彼女を受け入れる必要だって本当はなかったはずです。納得できるお答えをいただけるまで、私はこの手を離しませんわ」

「サドルノフ公爵令嬢」

「いやです……私は、あの人なんかよりずっと……あなたを」

「三度は言わない。その手を離してくれないか」

　きっぱりと拒絶する冷たい声だった。ヴィオラは、口をつぐんでエミリオンから少しだけ離れた。

「いやあ、きっついね。悲惨なまでの、失恋現場」

背後で楽しそうに笑っている男は、動けずに固まっている私を置いて、ずけずけと割り込んでいった。

「……デニス」

「エミリオン。レディにその言い方はないんじゃないかい？」

「いつから見ていた」

「けっこう序盤からかな。君の妻もバッチリ見ていたよ。夫の浮気未遂現場」

デニスの言葉に、エミリオンもヴィオラも驚いたように私の方へと視線を向けた。

「最初から？　ずっと見て、私の無様な姿を見て楽しんでいらしたのね……」

瞳に涙を浮かべて肩を震わせるヴィオラが私を睨《にら》むので「楽しんでいたわけではないわ」と私は答えた。

「嘘《うそ》よ！　惨めな私を見て楽しんでいたんだわ！」

あれほどまでに被《かぶ》っていた猫をエミリオンの前でも思い切り脱ぎ捨てて、ヴィオラはまるで子供のような癇癪《かんしゃく》を起こした。

「ああ、楽しんでいたさ。破談となったとはいえ、曲がりなりにも王族に入ろうとしていた女が愛人でもいいと口にしていたなんて。君の父と兄が聞いたらさぞ失望するだろうなと」

答えたのは、デニスだった。デニスは、私やエミリオンが口をはさむ隙間もないほど、ヴィオラにまくしたてている。

「そ、それだけ本気だったのですわ」

「本気？　私には、手に入らなかったおもちゃに対して駄々をこねているようにしか見えなかったけどね。お祖母様から聞いたよ。わざわざ妃殿下と同じドレスを着てきたり、このような人目のある場所で妻のいる男を口説いてみたり。やりたい放題じゃないか」

「私は、そんなつもりでは……」

「そんなつもりでは？　君は、いつも都合が悪くなると馬鹿なふりをする。では、一体どういったつもりだったんだい？　愛人のヴィオラ嬢」

エミリオンにレディに対する言葉遣いを注意していた割に、デニス自身は思い切りヴィオラの傷口に塩を塗り込んで、徹底的に叩《たた》き潰そうとしているように思える。

「もうやめろ。これ以上話をややこしくするな」

見かねたらしいエミリオンが、口をはさんだ。

「君がそうやって中途半端に優しいから、彼女は諦めきれないんだろう？　だから、わからせてやっているのさ。もう望みはないってね」

デニスはヴィオラに向かって話を続けた。

「自国の公爵令嬢と結婚するより、ドルマン王国の王女と結婚する方が、ずっとメリットがある。だから、エミリオンは君に用がないんだ」

デニスの視線が、私の方へ向いた。私は、居心地が悪くなって、一歩後ろに下がった。

「陛下も……陛下も同じように思われていらっしゃるのですか？」

デニスを無視して、ヴィオラはエミリオンに尋ねた。尋ねたというよりも、すがっているといった方が正しい表現だ。

「用がないというのは、語弊がある。だが、私は、ジョジュ以外に誰かを迎え入れる気はない」

エミリオンの返事を聞いて、ヴィオラは顔を真っ赤にして泣きながら走り去ってしまった。

追い詰められ、屈辱的な失恋をした彼女が心配になる。後を追いかけようとしたが、エミリオンが私の腕を摑《つか》んで首を横に振った。

「今夜はここから離れるな」

私は大人しく彼の隣にいるしかできなかった。

＊＊＊

「私はサドルノフ公爵令嬢を追いかけるとしよう。失恋したばかりの女性が最もつけこみやすい」

デニスは楽しそうに笑いながら去っていってしまった。

最も楽しそうに追い詰めてきた人物に、あのヴィオラがつけこまれるかどうかは難しい問題である。

「あの……申し訳ありません」

深いため息をついているエミリオンに、私はとんでもない人物を連れてきてしまったと謝罪を述べた。

「いや、謝る必要はない。たとえ招待状が手に入らなくても、奴は今夜ここに来るつもりだったのだろう」

エミリオンはしばらく黙って何か考えているようだった。

遠くの方から舞踏会の喧騒《けんそう》が聞こえてきた。

宮廷楽団の奏でる音楽と共に、踊る人、それぞれ自分の興味のある話題で盛り上がる人、恋に落ちる人がたくさんいるのだろう。

窓の外に見える月は、ゆっくりと西へ向かって進んでいる。

会場から流れる曲がゆったりとした旋律に変わり、バイオリンの音色が私たちを包み込んだ。

「一曲、踊ってくれないか?」

突然、エミリオンに手を差し伸べられる。私は驚いたものの「ええ、喜んで」と手を取った。

「あなたは、先ほどの件について聞かないのか？」

「陛下のお気持ちがサドルノフ公爵令嬢に本当に流れているのでしたら、自分の身の安全が心配になりますが……。先ほどお断りされている現場を拝見したので、言うべきことはなにもございませんわ」

本当は、ヴィオラの件で苦しい思いはたくさんしているが、それをエミリオンにぶつけたところでどうにもならない。結婚式で「愛を求めるな」と言われたのだから。

「なぜ、身の安全を考える？」

エミリオンが静かに尋ねた。

「いえ……それは」

エミリオンは、私の方へと詰め寄った。

「あなたは、時々何を考えているのかわからない」

その言葉はそのままそっくりエミリオンにお返ししたいところだ。

「祖国での私の状況をご存じでしょう？」

「この国で、それがまた繰り返されると思ったのか？」

「彼女があなたの愛人になれば、そういう流れもあり得るかと……。権力争いはどこの国も熾烈《しれつ》ですから」

「あなた以外に妻も愛人も取らないと、先日言ったはずだ」

エミリオンが私の手を強く握りしめた。大きな手は、私の小さな手を包み込んでしまう。真っ赤なルビーのような瞳が、私をじっと見つめると、身動きが取れなくなってしまった。

エミリオンは、私の長い黄金の髪の毛をそっと取って、そこへ口づけた。

「私は、あなたに愛を求めるなと結婚式で言ったな」

「……はい。そうおっしゃっておられました」

心臓の音が激しくなる。どうして、今そんな話を蒸し返すのだろう。エミリオンの気持ちが、私は本当にわからなかった。

「撤回する」

手を引かれエミリオンの腕の中に閉じ込められた瞬間、彼の唇が私の額にやさしく触れた。

エミリオンの突然の行動に戸惑い「陛下」と彼の胸板を押した。

自分の心臓がドキドキと高鳴っているのがわかった。

「突然、どうなさったのですか？」

「自分の妻に、愛を伝えてはいけないのか？　もし、嫌だったのなら、謝罪する」

今まで聞いたことがないほど優しい声で、エミリオンは私に囁《ささや》いた。

「そういう訳では……。ですが」

「嫌なわけではないのだな」

それだけ言うと、エミリオンは私から少し離れた。体から熱が失われていくのを感じつつ、私は震える唇を開いた。

「陛下。あの……」

「なんだ」

「撤回するとおっしゃいましたが、どうして急に……」

ずっと愛情のない政略結婚だと思っていたのにもかかわらず、それを突然撤回すると言われても戸惑うに決まっている。

初日に出会った日の彼の様子は今でも覚えている。

不機嫌そうで口数が少なく、この男の妻になるのだと思うと身がすくむような思いだった。それに、女性としての魅力は、誰が見てもヴィオラの方が上だ。

「それは……」

エミリオンが、口を開こうとした時だった。

バルジャン公爵が「陛下、妃殿下。大変です！」と青ざめた表情で、私たちのところへやってきた。

「騒々しいぞ。バルジャン。お前は、邪魔をするのが趣味なのか？」

「た、大変もうしわけありません！　ですが、デニス様が……突然、音楽を止められて、話があると演説を……」

必死にエミリオンを捜したのだろう。バルジャン公爵はすっかり息が上がっていた。

エミリオンは、何回目か分からないため息をついた。

「すぐに行く」

彼は私の手を引いて、会場へと急いだ。

＊＊＊

「私、デニス・ジートキフは、ヴィオラ・サドルノフ公爵令嬢に向けて、プロポーズすることをここに宣言いたします。先日、彼女の父と兄には許可をいただいてまいりました。皆様盛大な拍手をお願いいたします」

バルジャン公爵の言葉通り、会場の真ん中でデニスは意気揚々と声を張り上げている。

先ほどヴィオラを追いかけていったはずのデニスが、なぜ本人不在の場所で愛の告白をしているのだろう。

私は、エミリオンに断りを入れた後、フローラを呼んだ。

「サドルノフ公爵令嬢を捜して、見つけたら保護してちょうだい」

「承知しました。衛兵に伝えお捜しいたします」

「すまないわね」

先日、ヴィオラが、フローラに対して非常に侮蔑的な言葉を投げかけていた。いくら緊急事態とはいえ、フローラにヴィオラを任せてしまってもいいのだろうかと、躊躇《ちゅうちょ》しているのが伝わったのだろう。

「仕事ですから、ご心配には及びません。舞踏会が無事に終了するよう、私も力を尽くしますわ」

フローラは力強く頷《うなず》いて、会場を出て行った。

フローラが去った後、私はそばに立っていたマリアンヌに事情を尋ねた。

「これは一体？」

「ああ、ジョジュ様。デニス様が突然壇上に上がられて演説され始めたのですわ。まさか、ヴィオラ様とそういった仲だったなんて驚きです。晩餐《ばんさん》会の夜に妃殿下と同じドレスでいらっしゃったのは偶然だったのですね。だから陛下も寛大にお許しになったのだと、ようやく納得がいきました」

マリアンヌの言葉に、私は首を傾《かし》げた。

あの夜のヴィオラは、本気で私を陥れようとしていた。そして、先ほど、デニスとヴィオラのやりとりを見るに、彼らが恋人関係であるとはとても思えない。

会場内がざわついている中で、デニスは満足そうな表情を浮かべている。

注目されたい性格なのか、何か意図があってやっているのか、また、エミリオンや私にとって味方なのか敵なのかさえ、まだ分からない。

私の出る幕はなく、エミリオンに判断を任せた。

「しかしながら、ヴィオラ嬢は幼い頃より我が友でありいとこであるエミリオンの婚約者として、幼い頃より人生をささげてきたのは、皆様もご存じの通り。そこで、失意の中におります彼女の気持ちを私に向けてもらうべく、今度の犬ぞりレース大会で、エミリオン王にぜひ勝負を申し込みたい」

「なんでそうなる……」

エミリオンがうんざりしたような表情を浮かべながら深いため息をついた。

エミリオンがデニスに閉口する気持ちがよくわかった。彼の行動は突飛すぎる。何をしでかすかわかったものではない。

しかし、娯楽に飢えている貴族たちは楽しそうに歓声をあげている。人を驚かせ惹《ひ》きつけてしまう点に関しては、エミリオンとは違った意味でのカリスマ性があるのだろう。

「なぜ、私がおまえのために動かねばならぬのだ」

エミリオンが、彼の提案をバッサリ切り捨てる発言をするのは、デニスにとって想定内だったようだ。彼は楽しそうにほほ笑んだ後、言葉を続けた。

「私は、幼い頃から彼女に気持ちを抱いておりました。ですが、彼女は陛下の婚約者。報われぬ想《おも》いを秘めてきたのでございます」

熱のこもった発言は、先ほど、「愛人のヴィオラ」と彼女をさげすんだ呼称で口にしていたとは思えないほどだ。

しかし、本当にデニスがヴィオラを幼い頃から好きだったのだとしたら。

彼は「エミリオンの元婚約者」のイメージが強くついてしまっているヴィオラを自由にするためにあえて大々的にプロポーズしているのかもしれない。

「ちょっと変わった趣向ですが、ちょうどいいではないですか」

突然現れたデニスの賛同者は、なんとカルロフ大司教だった。

「毎年犬ぞりレースの前には、開催記念のパレードが行われる。パレードを先導する主役は、その年の社交界を見渡してふさわしい人物を選ぶのがならわしです。これだけ熱烈に求婚されているのであれば、今年はヴィオラ嬢に決まりですな」

それから、大司教がこちらを見る。

「妃殿下もご一緒にいかがでしょう。本日これだけのすばらしい舞踏会を主催されたのだ。妃殿下もまたパレードの主役にふさわしいと、誰もが思っているのではないでしょうか」

カルロフ大司教が、高らかに言うと拍手が巻き起こった。今日の舞踏会を楽しんでくれたからこその反応だと思うとうれしい反面、彼の意図がわからなかった。

ヴィオラは旧体制派だからわかるが、私を目立たせるのは彼の本意ではないのではないか。

「決まりでよろしいですかな」

カルロフ大司教の視線を、険しい表情のエミリオンが受け止める。

「……まあいいだろう。どのみち、パレードもレースももとより開催する予定だったのだ。オルテル公爵、警備の手配は任せたぞ」

エミリオンの言葉に、オルテル公爵が静かに頭を下げる。

カルロフ大司教が浮かべる笑みが、どこか不穏なものに思えるのは気のせいだろうか。

誰かが開けたらしい窓から、月が雲に隠れていくのが見えた。この先を暗示するような光景に、私は思わず身震いしたのだった。

# 第九章　犬ぞりレース

「えっと、僭越《せんえつ》ではございますが、犬ぞりレースについて、私、ゴルヴァンが説明させていただきます」

舞踏会から一週間経《た》って、やけに天気のよい冬の昼間のことだった。キラキラと太陽が反射する雪の上には、木製でできた大きなそりが置かれていた。足をのばして座れるほどのそりの中には、たくさんの毛皮が敷き詰められている。

犬ぞりの横に立ちゴルヴァンから説明を受ける私の両隣には、厚着をしているガルスニエルとアルムもいた。ガルスニエルの愛犬であるフランは、そりに繋《つな》がれ、白い息をハアハアと吐いていた。どことなく嬉《うれ》しそうだ。

舞踏会の夜のカルロフ大司教の言葉通り、犬ぞりレースの開会パレードにて、私とヴィオラ・サドルノフ公爵令嬢が、そりに乗って行進する予定である。雪国出身ではない私に、エミリオンは「無理に参加する必要はない」と言ってくれた。

しかし、不参加というわけにはいかないようだった。人生における初めての犬ぞりは、わからないことだらけだ。そのような訳で、幼いころから犬ぞりレースの常連であるゴルヴァンに教えてもらっているのだ。

一年の大半が雪に覆われているロニーノ王国は、犬ぞりの歴史が深い。路面に氷が張ったり、雪が積もっていたりする場合には、荷物の運送などにそりが使われる場合がままある。地域によってはトナカイなどのより大きな動物にそりを引かせることもあるが、首都プルペ周辺の地域では特に大型犬が使役されている。

「ゴルヴァン先生、質問です」

「どうされましたか。アルム様」

「フランは、そりを引っ張る時に、苦しくないのですか？」

フランの頭を撫《な》でながら、アルムがゴルヴァンに尋ねる。

「いい質問ですね。大丈夫です。普段は、ガルスニエル様のよきご友人として宮廷で一緒に暮らしていますが、元々はそり犬として育てられた名犬です。それに、そりを引くときは、フラン一匹だけでなく、たくさんの犬で引くので苦しくありません」

「そうなのね……」

アルムは、まだ納得がいっていないようだったが、ガルスニエルは「フランは、血統書付きのそり犬なのだ。一匹でも問題ない」と胸を張っている。少女は、心配そうな表情を浮かべたまま、もう一度フランの頭をそっと撫でた。

「そりが二種類あるのは、なぜなの？」

私は、ゴルヴァンの後ろに置いてある大きなそりと、一人で立って乗るのがやっとの大きさのそりを見比べて質問した。

「こちらの大きなそりは、ジョジュ様がパレードで使用される常用そりでして、こちらの小さな方が、レースで使用されるそりとなっております」

大きさが違う二台のそりの後部には、人が一人つかまれるような台座がついている。そりを運転する人間は、その台座につかまりながら、犬たちに指示を出すらしい。私たちが乗る大きな常用そりも、小さなそりと根本的な仕組みは同じらしかった。

人を二、三人乗せる用にできているため、幅と長さだけが、レース用のそりとは規格が違う。犬たちもこのそりを引くのは一苦労だと思った。

ゴルヴァンに案内を受けて、私は大きなそりの中へ入った。ガルスニエルとアルムも、続けて中へ入ってくる。

「ジョジュ様は、明日リハーサルされるの？」

「ええ、そうよ。アルム」

「がんばってね」

「ありがとう」

大人と子供二人だとしても、三人で並んで座るには少しばかり狭い。

だが、少しばかり狭いくらいの方が暖かいようだ。毛皮をかけると人の体温がこもってさらに暖かくなった。これなら、犬たちが早いスピードで雪原を駆け抜けたとしても、凍えはしないだろう。

私にとっての問題は、寒さではなく、この狭い空間の中でヴィオラと二人になる時間の過ごし方だ。

あれから彼女は自室に引きこもってばかりで、一向に外に出る気配がないらしい。

流れている噂《うわさ》の内容を、マリアンヌが教えてくれた。

幼いころから、王妃となるべくして育てられ、ずっと想いを寄せてきた相手からの拒絶。

それだけでなく、大勢の前で勝手に婚約宣言をされてしまったヴィオラ。

彼女の気持ちがわからないと言えば嘘《うそ》になる。自身が積み重ねてきたものを、一瞬にして奪われる痛みは、苦しいほど知っている。

＊＊＊

そりの訓練が終わった後、私は離宮テオフィロス城へと向かった。

舞踏会が終わっても、アナスタシアは王妃教育を続けてくれるつもりらしかった。

部屋に到着するなり、待ち構えていたアナスタシアは、「あなた、ヴィオラ・サドルノフを味方につけなさい」と難しい表情を浮かべて言った。

「味方にですか？」と聞き返す私の顔から、拒絶したいという感情が表われていたのだろう。

アナスタシアは、分かっているといった風に一度私の気持ちを受け止めた後、首を横に振った。

「婚約を破棄した段階で、レックス家、つまり王家はサドルノフ家に貸しを作ってしまっていますからね。いくら彼女があなたにとって受け入れ難い人間であろうと、表立ってのいざこざは、エミリオンだけでなく、あなたにとっても今後の命運を握るといっても過言ではないでしょう」

「理解は、しております……」

ヴィオラの兄であるマルゴナ・サドルノフの活躍のおかげで、今やサドルノフ家は、国の事業を進めるうえで、欠かせない存在になっている。

また、サドルノフ家の現当主であり、ヴィオラの父である、ヨシフ・サドルノフ公爵は、旧体制派に所属していることもあり、私が彼女との関係改善を試みない限り、エミリオンの足を引っ張るのは明白だ。

私だって、できるなら和解したいと思っている。

しかし、彼女の様子を考えると、非常に難しい問題であるに間違いなかった。

「ジョジュ。恥を忍んで話をしますが、昔、私にも到底受け入れられないと思った人がいました」

「アナスタシア様にもいらっしゃったんですね」

「ええ、弱小貴族出身のくせに、王宮に居座るなんて生意気な、と追い出そうとして、嫌がらせをしていたら、においのひどい薬湯をかけられたわ。腹が立って、取っ組み合いの喧嘩《けんか》までしたら、私は兄から、王宮を出て地方で奉仕活動をするよう命じられたの。しかも、その人物と仲直りするまで王宮に戻ってきてはいけないとまで言われたのよ」

私とヴィオラ以上の激しい戦いを繰り広げたのだと、私は一歩引いてアナスタシアの方を見た。

「そ、それで、仲直りはされたのですか？」

「彼女の王妃としての手腕を認めて、最終的には嫌々和解しましたよ。王女としての人生で思い通りにならなかったのは、あれが初めてね」

「王妃って……まさか」

「そう。ミハイル王の妻、イリナティス元王妃。あれほどまでいけ好かない女は、人生も終わりが近づいてきていますが、他に出てきませんね。それでも彼女と手を組むと決めてから、まとまりのなかった王宮がまとまった。派閥があるかぎり、いたるところで無用な争いが生まれ続けるわ」

アナスタシアの言葉は、私の心に重たくのしかかった。

離宮を後にして、ニックス城へと戻る。

馬車の中で、私は、どのようにヴィオラを味方にすればいいのか考えた。

しかし、私を拒絶する彼女の顔が浮かぶばかりで、全く案が浮かんでこなかった。

＊＊＊

すっかり日が沈んでしまった。ニックス城へ戻り、護衛の兵士を連れて自室へ向かっていると、カルロフ大司教が私を出迎えた。

「妃殿下。このようなお時間まで、お忙しい限りですね」

「カルロフ大司教……」

「先日は素晴らしい舞踏会でした。あれほどまで、ロニーノ王国に対する愛で溢《あふ》れた会は、ありませんでした。また、私の配下の人間の中に、妃殿下が招待したとされる市民のお客様に無礼を働いた者がおりまして、改めてお詫《わ》び申し上げます」

まさかこれを言うためだけに来たわけではないだろう。なんの意図があるのだと身構える。

しかし、カルロフ大司教の顔を見つめても、何を考えているかは全く分からない。

「ジョジュ」

背後からエミリオンの声が聞こえて振り返った。

「これは、これは、陛下。明日は、パレードのリハーサルですので激励をしておりました。それでは」

カルロフ大司教は、エミリオンの険しい視線から逃れるように、足早に去っていった。

エミリオンは、カルロフ大司教が見えなくなるのを確認すると、私に「渡したいものがある」と手を引いた。

連れて行かれたのは、エミリオンの書斎だった。壁にはロニーノ王国の紋章が描かれていた。その両隣には歴代のロニーノ王国の国王の肖像画がかけられている。

最も新しい人物は前代の王であるエミリオンの父・ヴィッサリオン王だろうか。こちらをじっと見つめる顔つきは、厳格そうだった。

部屋の中央には、何年も使い古された大きな机が置かれており、その前には、ひじ掛け付きの椅子が二脚置かれている。

エミリオンは、私に腰かけるように言って、自分の書斎の机から木製の小箱を取り出した。

「これをあなたに渡しておく」

「これは……?」

エミリオンから小箱を受け取って、箱を開くと、そこには、木製のホイッスルが入っていた。

「もし、そりの中で何かあったら、このホイッスルを吹いてくれ。雪は音を吸収する。叫んでも人の声だと届かない場合があるからな」

犬ぞりレースのパレードに出るので、エミリオンは心配してくれていたようだ。

「ありがとうございます。陛下。ですが、大丈夫です。サドルノフ公爵令嬢と、喧嘩なんてしませんから」

心配するエミリオンに大丈夫だと主張したくて、私は冗談めかして答えた。

「あなたには、この国へ来てから苦労かけることばかりだな」

「そのようなことはありません。私は、ロニーノ王国へやってきて、ドルマン王国では体験できないいくつもの経験ができています。犬ぞりレースのパレードもそのひとつですから、楽しみなくらいです」

不安だと正直に気持ちを打ち明けてしまえば楽になると分かっていても、エミリオンの前では毅然《きぜん》とした態度を取りたかった。一国の主を支える妻として、エミリオンの隣に立つ女として、みじめな姿はできるだけ見せたくない。

エミリオンから受け取った木製のホイッスルを握りしめて、私は今できる精一杯の笑みを浮かべるのだった。

＊＊＊

リハーサルの日、青空を隠してしまった灰色の雲から、大粒の雪が降っていた。

しんしんと降り続ける雪の中、久々に会ったヴィオラの表情は、すっかり憔悴《しょうすい》しきっていた。噂では、ヴィオラは犬ぞりレースを欠席すると主張していたらしい。

だが、家長であるサドルノフ公爵はデニスとの婚約を受け入れるつもりらしく、レースの欠席は許さないと彼女に言い渡したのだという。

幼い頃から家のために自分を犠牲にし、結婚直前に婚約破棄。今度は耳を塞ぎたくなるような皮肉をひっかけてきた男と結婚しなければならない。

ヴィオラの状況を考えれば、同情すべき点はいくつかあるようにも思えた。あまりのヴィオラの憔悴具合に、フローラですら「ご気分がすぐれないようでしたら、すぐにおっしゃってくださいね」と思わず声をかけてしまったほどである。

パレードは、レースのコースを一周し、私たちがゴールに戻ってきたタイミングで、出場する選手たちの勝負がスタートする流れだそうだ。

結局エミリオンも出場する運びとなり、犬ぞりレースは例年以上に多くの人々の関心が寄せられていた。

その年によって設定されるコースが大幅に変わるため、パレードの参加者と、レースの出場者は必ずリハーサルを行うらしい。私たちがリハーサルを行った後に、エミリオンたちもコースを確認する流れになっている。

さすが、地元の出身であるヴィオラは慣れた様子で、そりに座って毛皮を巻き付けた。

「よろしくお願いします」

声をかけてみたが、ヴィオラは口をつぐんで、前だけをじっと見つめていた。

散々、嫌みを言ってきたと思いきや、今度は無視ですか。皮肉を投げかけたい気分になったが、すっかり痩せこけた彼女の顔を見て、私は話しかけるのをやめた。

「では、出発しますよ。雪が強くなってきましたから、早めに一周して終わらせましょう」

当日もそりを操縦してくれるらしい兵士が、人当たりのよい笑みを浮かべて、犬たちに発進するよう指示を出した。

背丈の大きな犬たちは、黒い瞳をキラキラと輝かせながら、私たちの乗っているそりを導き始めた。灰色と白の入り交じった毛皮が、風になびいているのが見えた。

そりは想像していた以上に、早いスピードで雪の中を滑っていく。

生まれて初めての経験に、私は高揚した気分を抑えられず、辺りをきょろきょろと見回した。風を受けて滑ることへの爽快感が、病みつきになりそうだった。

「寒いので、あまり動かないでいただけます？」

眉をひそめてヴィオラが、浮かれていた私に声をかけてきた。彼女に「わかったわ」と短く返事をして、大人しく座り直した。

「ここから、森林コースに入ります。急カーブ地点には、崖などもありますから、手足を出したり、身を乗り出したりしないでくださいね」

兵士の指示も聞こえて、私は毛皮の中にもぐる。

森林地帯が見えてきて、振り返るとニックス城が次第に小さくなっていくのが見えた。

私たちが乗っているそりの前後には、それぞれ二台ずつそりに乗った護衛たちが、万が一何かあった時のためにと厳戒態勢で臨んでいる。

しばらくそりは順調に滑り、無言のヴィオラと共に毛皮の中で大人しく外の様子を見ていた時だった。

立て続けに、背後で破裂音が聞こえた。その音が、銃声だと分かったのは、振り返った時に、背後を走っている護衛たちが血を流しながらそりから落ちていく様子が見えたからだ。

「一体何があったのよ！」

「そりのスピードを早めます！　お二方しっかりおつかまりください！」

ヴィオラの悲鳴に兵士が背後から声を張り上げ、犬たちにより早く走るように指示を出した。

前を走っていたそりに乗った衛兵が「先へ進め！　後ろは俺たちに任せろ！」とこちらに大きな声をあげた。

私たちが乗ったそりは、二台のそりを抜かし、先ほどとは比べ物にならないほど、スピードを上げて、背後から追いかけてくる何者かから距離を離していく。

背後から、銃声が聞こえるたびに、ヴィオラが「きゃあ！」と悲鳴をあげた。

何が起きているのか理解できずに、仲違《なかたが》いしていることもすっかり忘れて、私はヴィオラと手を取り合い、そりから飛び出ないように、神経を集中させているしかなかった。おかげで背後から追いかけてくる何者かと距離が取れた。

「もう少し先へ進みます。そこで中継地点で控えている騎士団たちがおりますので。崖が近いのでご注意ください！」

兵士は、一段とそりのスピードを上げた。

しかし、それがいけなかった。目の前に二人の男が一本のロープを伸ばしていたのを、焦っていた兵士は気が付かなかった。

伸びたロープは、走っていた犬たちの足をひっかけた。

「キャウンッ！」

犬たちの悲鳴と共に、そりは激しく横転した。私とヴィオラは、そりから落ちるまいとしがみつくしかなかった。

破裂音が何度も近くで鳴った。

横転した衝撃で、兵士はそりから落ちてしまったらしい。私が彼を気にしていると、ヴィオラが叫び声をあげた。斧《おの》を持った男が、私たちの乗ったそりに近づいてきていたからだ。男が斧を何度も振り上げて、犬たちとそりを繋《つな》いでいる連結部分を破壊した。

「妃殿下！　公爵令嬢様！」

兵士が私たちのところに駆け寄って来て、斧を持った男たちともみ合った。犬たちは怯《おび》え走り去ってしまった。

「忌々しい！」

兵士との闘いに苦戦した男が、私たちの乗ったそりを蹴った時、そりはゆっくりと崖の下へと落ちていく。

叫び声と共に、再び銃声が鳴り響いた。

彼がどうなってしまったのか分からない。今、私にできるのは、ただ落ちていくそりに、必死にしがみつくことだけだった。

＊＊＊

運がよかったのか、大木に激しくぶつかって、そりは止まった。前方部分は、大木にぶつかった衝撃で損傷がひどい。

しかし、そりが衝撃をやわらげてくれたおかげで、私たちにひどい怪我《けが》はなかった。

「捜せ！」という声が上の方から聞こえた。

雪が先ほどよりもさらに激しくなってきたために、敵から私たちの姿は見えないようだった。

「立てますか？」

身体《からだ》の震えを必死に抑えて、私はヴィオラに尋ねた。

「え、ええ……」

彼女の身体も震えていたが、お互いに馬鹿にし合ったりはしなかった。

「一旦、この場所から離れましょう」

追手から逃げなければといった考えが先行していた私に、ヴィオラは首を横に激しく振った。

「いいえ、だめよ。これから雪が強くなる。動いてはいけないわ」

少しの間悩んだ後、私はヴィオラの意見を優先した。彼女が言う通り、雪がさらに激しくなったからだ。

風が強くなり、横殴りの雪になってきた。まるで世界を覆いつくすかのような降り方だと思った。

「分かった。いうことを聞く」

重たいそりをなんとか木に立てかけて、背後に身を隠す。膝にかけていた大きな毛皮に、二人でくるまった。

しばらくすると足音がして、男たちの低い声が聞こえた。

「おい、ここにそりがあるぞ。ひでえ損傷だな、生きているのか」

「足跡がある。まだ近くにいるはずだ」

そりへ入る前に、万が一を考えて、二人で逃げ出したような足跡を残しておいたのだ。

「だめだ。吹雪になる。撤退しないと、俺たちが遭難する。ちくしょう、見えづらくなってきやがった」

「だが、あの方に確実に殺せと言われているんだぞ。しくじったと分かったら、どうなるか」

ヒソヒソとすぐ近くで会話が聞こえ、見つかったらどうしようと恐怖で心臓が破裂しそうだ。

「どうせ、この吹雪、死ぬのは確実だ」

「わかったよ」

男たちは自分の命を優先させ、その場から去っていった。足音が遠くなって、風の音にかき消されてからも、私とヴィオラはしばらく黙っていた。

「なんだったの……」

消え入るような小さな声で、ヴィオラが呟《つぶや》いた。

「私にもわからないわ」

「でしょうね。分かっていたら、あなたが手引きしたのだと自白したも同然ですもの」

皮肉を言い始めたので、私は少しだけいつもの調子に戻ったヴィオラに対してホッとした気持ちを持った反面、彼女の強い言葉は、ただの強がりなのではないかと思った。

「助けを呼びに行くべきかしら」

強くなるばかりの風に不安になって、私がそりから顔を出そうとすると「あなた何を考えているのよ。まだあいつらがいたらどうするのよ」と私の毛皮のコートをヴィオラが思い切り引っ張った。

「でも、このままだと危ないわ」

「出歩く方がなおさら危ないわ。どこにいるか分からない敵の姿を探しながら、あなたこの雪の中を無事に帰れる自信があって？」

「ないわ、でも……」

「吹雪の時は、動いてはいけないのよ。前は見えないし、歩いて数歩で今までいた場所が分からなくなるの。この国へ来て日が浅いあなたが外へ出たら確実に迷うわね」

「心配してくれているの？」

「そ、そのようなわけがないでしょう。あなたが死んだら、私が犯人として疑われる。自分の人生をこれ以上だめにするのがごめんなだけよ」

吹雪は、私が想像したよりも激しく、恐ろしいものだった。まるで獰猛《どうもう》な動物が唸《うな》り声をあげるように、逆さにしたそりの隙間から強い風と雪が吹き込んでくる。

二人で体勢を整え直して、なるべく雪と風が吹き込んでこないようにと身を寄せ合った。

ヴィオラは、吹雪の中で助けがくる可能性はないと断言した。捜そうとしないのではなく、捜すことができないのだそうだ。ロニーノ王国の人間は、幼い頃から吹雪が来たときはなるべくあたたかい場所へ移動して、無闇に動くなと教え込まれているらしい。

私たちを襲う風と雪の音を聞きながら、大人しくするしかないと覚悟を決めていると、ヴィオラの身体が熱くなっているのに気が付いた。

「熱があるの？」

「やたらに話しかけてくるのをやめてくださる？　私が、あなたを嫌いだというのをお忘れになって？」

私はやはり早く助けを求めた方がいいのではないかと迷った。もしかしたら、護衛についていた衛兵たちが近くにいるかもしれないと思うと、気が急《せ》いてしまう。今まで城の中でぬくぬくと不自由ない暮らしをしてきた私にとって、荒れ狂う天気の中、ただ鎮まるのを待つことが本当に正解なのか分からなかった。

しかし、ヴィオラの言う通り、荒れ狂う吹雪で目の前は真っ白だ。歩いて数歩で迷ってしまうだろう。

「寒い……」とヴィオラのうわごとのような声が聞こえた。

「寒いの？」

私が尋ねると、ヴィオラは不服そうな表情を浮かべた後、小さく頷《うなず》いた。この密閉空間の中で、寒さを凌《しの》ぐ方法は一つしかない。私は、震える彼女を抱きしめて、自分の着ていた毛皮のコートの中へと入れた。

「足も私のドレスの中へ入れて」

私の言葉に、ヴィオラは意外にも素直に従った。早く吹雪が去ってくれればいいのに、と願いを強くこめるが、気まぐれな悪天候は、吹雪を鎮める気はないようだ。

ふとヴィオラの方を見ると、瞳を閉じて寝息を立て始めていた。

「サドルノフ公爵令嬢？」

声をかけてみるが、反応がない。まさかと思って、彼女の頬を叩《たた》いた。何かの書物で、凍えそうな寒さの中では、眠ってはいけないと読んだ記憶が蘇《よみがえ》る。

なかなか反応がないので、私は彼女の頬を思い切りビンタした。

「起きなさい！」

「痛いわね……何するのよ」

荒い息を吐きながら、ヴィオラは瞳を開けて私を睨《にら》みつけた。

「寝ていたから、起こしたのよ」

「うるさいわね。寝てないわ」

「いえ、明らかに寝ていました。寝たら、また叩くから」

「城に戻ったら、あなたに暴力を振るわれたと言いふらしてやるわ……」

力無い返事ではあるが、生きているのが分かってホッとする。

悪態に付き合っていれば、彼女が眠ったりしないのだと気が付いた私は「あなたの言う事を信じる貴族がいるかしら」と毒を吐いた。

「あなたは何も知らないだけよ……あの貴族たちの本性を」

「貴族がどれだけ欲深いかなんて、知っているわよ。私、王族だもの。それに権力争いで負けて国外追放されているのよ」

「一生の恥ね。私なら、死んでしまいたいわ。のうのうと能天気に生きているあなたを見ると反吐《へど》がでるわ」

「私だって、あなたが嫌いよ。同じドレスを着てきたり仕えている人間を蔑んだり、品性がないわ」

「あなたがここへ来なければ、私はあのような惨めな真似《まね》をしなくてよかったのよ。その金髪と緑の目が気に食わないの」

「私だって、あなたがいなければよかったと思った日は何度もあるわ。胸だって無理やり強調して、自慢しているつもり？」

「あなたより私の方が豊満なだけじゃない。僻《ひが》むのはやめてくださる？」

「僻んでないわ。どうしたら、そういった発想になるのよ」

しばらくお互い言いたい放題言い合った後、突然口を閉ざした。

「私たち、助かるのかしら」

ヴィオラがポツリとつぶやいたので「わからないわ」と彼女を抱きしめる力を強くした。

「世界で一番嫌いなのに、あなたと抱き合わなくちゃ助かる道がないなんて、神様は意地悪だわ」

もう何度目か分からない悪態をついたヴィオラが、私の胸元に顔を埋《うず》めた。

呼吸が浅くなっている。熱が上がってきているのだとわかった。

「寝たら、殴るわよ」

私の言葉に「寝ないわよ。殴ったら、あのエメラルドの髪飾りを慰謝料で奪ってやるんだから」とヴィオラは小さな声で答えた。

＊＊＊

どれくらいそうしていただろうか。

ぱちっと目が開いて私は少しだけ眠ってしまっていたことに気が付いた。限界を迎えていたのは、発熱に苦しむヴィオラだけでなく、私も同じだった。毛皮の中で抱き合っていたおかげで、寒さはしのげているものの、それは、外で立っているより幾分かマシという程度である。

雪が止《や》んだと気が付いたのは、オレンジ色の光が、真っ暗なそりの中に差し込んできたからだ。

「吹雪、落ち着いたのね」

私の言葉にヴィオラからの返事はなかった。慌てて息をしているか確認すると、かすかではあるが彼女の口から息が漏れていた。熱はさきほどより上がっているのだろう。

「起きて、お願い……」

懇願しながらヴィオラをゆするが、私の言葉に彼女は返事をしない。苦しそうな表情を浮かべ、うめき声をあげるヴィオラを抱きしめたまま「助けて……」と心細い声を出すしかできなかった。

今すぐエミリオンに会いたかった。不安で、不安で仕方がない。

「妃殿下とサドルノフ公爵令嬢を捜せ」

遠くから誰かの声が聞こえた。

「ジョジュ！」

エミリオンの声だと分かった。捜しにきてくれたのだろうか。

私は身を乗り出して助けを呼ぼうと試みたが、寒さのせいでうまくいかない。いくら毛皮の中にくるまっていたとはいえ、吹雪の中、置き去りにされていたのだ。ようやく身体《からだ》をそりの外に出して、かじかむ手を必死に動かしながら、大木に身体を預け「ここよ」と遠くにいるだろうエミリオンに対して声を出す。かすれた声では届かないと気が付き、うつむくと、エミリオンからもらった木製の笛が目に入った。

『もし、そりの中で何かあったら、このホイッスルを吹いてくれ。雪は音を吸収する。叫んでも人の声だと届かない場合があるからな』

息を吸うと、喉を圧迫するほどの冷たい空気が入り込んできて、せき込んでしまう。

西日に反射する雪の光に目を背けながら、今度は慎重に笛を吹いた。かすれた音は、次第にコツがつかめるようになって、少しずつ大きくなっていく。私の笛の音は、私たちを捜索している人々に届いたようだ。

この国に来てから見たことがないような、苦痛に表情を歪《ゆが》めるエミリオンが、駆け寄ってきて私を抱きしめた。

「無事でよかった」

「陛下……サドルノフ公爵令嬢が、そこに」

「分かった」

「突然、襲われたのです」

「分かっている。今はもう話さなくていい。無事でよかった」

エミリオンの抱きしめる腕の力が強くなって、私はホッとしたのか意識が遠くなっていく。

「急げ！　医者を呼ぶんだ！」

兵士たちがヴィオラを毛皮にくるんだまま担架に載せて、叫んでいるのが聞こえた。

＊＊＊

目が覚めてから、自分の部屋に戻っているのだと気が付いた。

吹雪の中にヴィオラと閉じ込められてしまった時間が、夢だったのかと思うほど、部屋の中はいつも通り静寂だった。唯一異なるのは、泣きはらした顔のガルスニエルとアルムがフランと共に私のベッドの端で眠りこけていることだった。

「ジョジュ様！　お目覚めになられたのですね」

入れ替えたばかりのお湯が入った鍋を持ったフローラが、瞳に涙をたくさん浮かべて部屋の中へ入って来た。彼女は、鍋をテーブルの上のキルト生地の鍋敷きにそっと置いてから、私のそばへと駆け寄った。

「ただいま、陛下をお呼びいたします。皆様、本当に心配されていました」

「ありがとう。フローラ。私は大丈夫よ。私が、陛下に会いに行くわ」

「とんでもないことでございます。もう少しで凍傷を起こしてしまうところでした。ジョジュ様のお身体は、現在ベッドの中でゆっくりしなければいけないような状態です」

フローラに「お呼びしてまいりますから」と念を押され、私は彼女のいうことを聞いて、ベッドの中で大人しくするのだった。

そばで寝ている少年がくしゃみをしたので、私は自分の使っていた毛布の一枚を、ガルスニエルとアルムにかけてあげた。ガルスニエルの愛犬フランは、毛布をかぶせられたのが嫌だったらしい。親友たちを起こさないようにそっと毛布から出て、その上に座り込む。私の方をじっと見つめているので手を伸ばすと「大丈夫？」と言いたげな様子で頭をすりつけてきた。

しばらく経《た》って血相を変えたエミリオンが、部屋の中へ入って来た。エミリオンは、私の顔を見ると、安心したように小さく息をついた。

「サドルノフ公爵令嬢も無事だ」

エミリオンは、ベッドの近くの椅子に腰かけると、今、私が最も気にしているヴィオラについて教えてくれた。

「彼女も目覚めたのですか？」

「……いいや、まだだ」

想像していた以上にヴィオラの状況は思わしくないらしい。

「あなたがいなかったら、彼女の命はなかった」

「彼女がいなくても、私の命はなかったわ。吹雪の中むやみやたらに出歩いてはいけないと、彼女が教えてくれなかったら、私は森の中で迷って、凍死してしまっていたに違いありませんもの」

エミリオンの手が私の頬にそっと添えられた。

「今は、ゆっくり休むといい。これから少し忙しくなる」

「……犯人は見つかったのですか？」

「今、調査中だ。必ず見つけて裁きを受けさせる」

静かな口調であったが、エミリオンが心の底から怒っているのだと分かった。

# 第十章　氷城の裁判

目が覚めてから一週間経って、私はベッドから出ることを許された。

それと同時に、事件の事情聴取を受けている。

襲撃を受けた兵士たちも、ヴィオラも、まだまともに話を聞ける状態ではないらしい。

私の証言を手掛かりに犯人捜しが行われた。

死人が出なかったのが不幸中の幸いであったと、エミリオンから話を聞いてホッとした。

「ところで、陛下」

「どうした」

「もう就寝の時間ですが、なぜ陛下は私の部屋にいるのでしょう」

「夫婦が一緒に寝てはいけないのか？」

「そうではなくて、いつもは一緒に寝ないではありませんか」

事件後、エミリオンは何かにつけて、私と一緒にいるようになった。

何か不審な動きがあった時に対応できなかったら困るというのが、エミリオンの主張だ。

けれども、さすがに寝食を共にするといっても限度がある。

エミリオンが私と一緒に寝るのを羨ましがって、ガルスニエルまで来てしまった。ベッドは、私とエミリオンとガルスニエルとフランで満杯だ。

さすがに狭いので、次の日は、使用人たちが私の部屋にもう一台ベッドを追加してくれた。

幼い頃から誰かと一緒に寝るといった経験をしてこなかった私は、人の気配が気になって眠れない日々が続いている。

今夜も、エミリオンたちと就寝中である。

兄弟と犬は、疲れているのか布団に入った瞬間眠りに落ちていた。私だけが目が冴《さ》えてしまい、視線を天井に向けて、彼らの寝息を聞いている。

寝相の悪いガルスニエル。少年にくっついて眠るために後を追いかける犬の後ろ足が、私の顔の上に乗った。手で払いのけるが、フランは乗せ心地がよかったのか、何度も私の顔に足を乗っけてくる。ぐっすり眠りについている夫をゴロゴロと転がし盾にして、再び布団に潜り込んだ。

寝不足から止まらなかった欠伸《あくび》がぴたりとやんだのは、エミリオンのいとこであるデニス・ジートキフが、犯人が捕まったとエミリオンへ報告に来た時だった。

「エミリオン、まずいことになった」

青ざめているデニスの表情を見て、何か私にとって嫌な知らせがあるような予感がした。

「何があった」

紙の横に置いてある真鍮《しんちゅう》のペン立てに、使っていたペンを置いてエミリオンは静かに尋ねた。

デニスは、私をちらりと一瞥《いちべつ》すると、エミリオンに耳打ちして事の顚末《てんまつ》を報告している。

「彼女には、私が伝える。デニス、お前はオルテルとバルジャンに会議室へ向かうように伝えろ」

「承知した」

デニスが部屋を出て行った後、エミリオンは私の方へと向き直った。

「犯人が捕まったらしい」

「捕まったのですね……」

襲われた時を思い出して、私は身体の震えを抑えてエミリオンの方を見つめた。

エミリオンは、少し戸惑ったような表情を一瞬浮かべた後「犯人たちは、あなたに指示を受けたと言っている」と静かに述べた。

「私が……？」

エミリオンの言っている意味が分からなかった。

私が自作自演でヴィオラの命を狙ったと誰が言い出したのだろうか。

死ぬかもしれなかったのだ。

なぜ、私ばかりこのような目に遭わなければならないのか。身体の奥から、怯《おび》えと同時に怒りがふつふつと湧いてくるのを感じた。

「陛下。陛下は、私が犯人たちに指示をしたと、そう思っていらっしゃるのですか？」

何か考え込んでいる様子のエミリオンに、私は自分の怒りを込めて尋ねた。沈黙が辛《つら》かったが、私はエミリオンが言葉を紡ぐまで待っていた。

私が犯人たちに指示をしていると思っているのであれば、彼は今すぐにでも行動を起こすはずだ。

「私は……あなたが指示をしたとは到底思えない。旧体制派の誰かが仕組んだのだろう。裁判に持ち込み、私とあなたの結婚を破談にさせるつもりだ」

「裁判……」

「裁判になれば、あなたは公開の場で厳しく追及される。……だが、私はあなたにそのような真似《まね》をさせたくないのだ。まもなく王妃になるあなたに動機がないと否定し、むしろ犯人たちが嘘《うそ》をついているのだと糾弾してもいい。彼らをあなたに対する名誉毀損《きそん》の罪で裁いてしまえば、この状況もいったんは収まるだろう」

その言葉を言うか言うまいかで、迷っていたのだろう。エミリオンの提案は、まるで砂糖をたっぷり使った菓子のように甘い誘惑だった。

提案に乗れば私の罪はうやむやとなる代わりに、一部の人間たちに不信感を与えてしまうだろう。そして、無理やり押し通した命令は、エミリオンの評価にも繋《つな》がっていく。元婚約者を襲った悪妻を守った愚王として。

そうまでしてエミリオンが守ってくれようとしていると分かり、湧いた怒りが、幾分かおさまっていくのを感じた。

「陛下、それはなりません」

「持ちこたえるのは、相当な苦労だ。無理はしなくていい」

毅然《きぜん》とした態度で首を横に振って戦う意思を見せる私に、エミリオンは静かに言った。

「私は何も悪いことをしていません。それに、私はロニーノ王国が好きです。あなたの妻として、ロニーノ王国の王妃として、この国を繁栄させるために、後ろめたいものを抱えたまま、あなたと共に歩んでいくのは嫌です。そのためなら、私は、裁判くらい乗り越えられます」

「あなたには、かなわないな」

エミリオンは困ったように笑って、私を抱きしめた。

「陛下？」

「何があっても、全力で守る」

エミリオンの力強く温かい言葉に、泣きそうになった。裁判が辛いのは、分かっている。簡単に乗り越えられるはずがない。

私の気持ちに、エミリオンは気が付いているのだろう。私の額に口付けを落とした後、彼はもう一度私を強く抱きしめた。

＊＊＊

私が犯人たちに指示を出し、襲撃を装ってヴィオラを殺害しようとしたという噂《うわさ》は、瞬く間に城中へ広がった。

城内は、ますますエミリオン率いる新体制派と、エミリオンを非難する旧体制派に分かれていくばかりである。

「戴冠式まで、残り三週間。それまでに決着をつけなければなりません。旧体制派が狙っているのは、陛下と妃殿下の婚約破棄だけではありませんから」

バルジャン公爵が、予定表を確認しながら、私に今後の流れを説明した。

本来であれば、殺人未遂など、重罪にあたる事件に関しては、充分な証拠を集めるために、しばらく時間を置かなければならなかった。

しかし、戴冠式が控えているので、エミリオンが優先すべきだと命令を押し通したのだ。

言うまでもなく、戻る国すら失ってしまっている私にとって、裁判に出るのであれば、何としてでも、無罪を勝ち取らなければならない。

この裁判で私が有罪になった場合、王妃になる権利を真っ先に取り消される。そしてロニーノ王国から追放されると考えるのが普通だが、私はドルマン王国に戻ることも許されていない。

どちらの国が私の身柄を引き受けるか、協議になると予想される。

その結果どちらの国になるかはわからないが、王族の称号を剝奪され、修道院で一生を過ごすはめになるだろう。もっとも、裁判の場で死罪を言い渡される可能性がない話ではない。

もし、裁判に負けてしまったら、私はどうなってしまうのだろうか。不安になるたびに、『何があっても、全力で守る』と言ってくれたエミリオンの言葉を思い出す。

自分の命令が通る人物を総動員して、私の証拠を集めてくれている彼を信じるしかない。

泣き叫びたい衝動にかられる瞬間が何回もあった。そのような妄想で自分を追い詰めたところで、状況が改善されるわけではない。私は、必死に自分を奮い立たせた。

＊＊＊

犬ぞりの襲撃事件が起こった日と同じような吹雪がロニーノ王国を襲った次の日、私の裁判が開廷された。

次期王妃の裁判ということもあり、四、五十人の貴族が集まっていた。

この国では、中央で起きた重大事件では国王が裁判長の役割を務める。

しかし、今回の裁判においてエミリオンは傍聴席に座っていた。公平性を考えれば当然である。

代わりに、裁判長の席に座っているのはカルロフ大司教だった。

旧体制派の人々の中には、多大な影響力を持っており、ヴィオラの父であるヨシフ・サドルノフ公爵がいて、娘を殺そうとした悪女である私を睨《にら》みつけていた。

国のためを思って娘との婚約破棄を受け入れたのだ。

それにもかかわらず、娘の代わりにやってきた国外の王女に殺されそうになったと思っているのであれば、あのような表情で私を見るのも無理はない。

「それでは、定刻となりましたため、裁判を始めさせていただきます。ヴィオラ・サドルノフ公爵令嬢殺人未遂の件につきまして、妃殿下が有罪か無罪か、ご意見をお持ちの方はご発言を。議論が充分に交わされたところで、ここにお集まりの皆様の挙手で判決を下したいと思います」

カルロフ大司教が、静まり返った会場をぐるりと見回した。

すると、一人の男が手をあげて、たっぷりと蓄えた口髭《くちひげ》の端をねじりながら立ち上がった。

「私、マルケテン・ピャードルと申します。祖父の代から伯爵の称号を受けております。今回私が担当いたしましたのは、襲撃の実行犯たちの取り調べであります」

ピャードル伯爵は、一枚の手紙を会場に掲げた。

「こちらにあります手紙は、首謀者のジェルジー・アルマンダの自宅から押収した物になります。大司教様、この手紙を読むのをお許しいただけますか？」

「いいでしょう。許可いたします」

カルロフ大司教に許可を貰《もら》い、ピャードル伯爵はもったいぶったように咳払《せきばら》いする。そして、ゆっくりと大きな声で手紙を読み始めた。

「親愛なるジェルジー。私、もう限界よ。明後日《あさって》の犬ぞりレースパレードのリハーサルで、あの女を殺したいの。明日の昼に、いつも私たちが会っている酒場にきてちょうだい。いい計画があるの。あなたのジョジュ・ヒッテーヌより」

手紙の内容を聞いた貴族たちが、どよめいた。ピャードル伯爵は、会場のどよめきを楽しんでいるように見えた。

「今申し上げた内容が、この手紙に記載されておりました。はじめは我々も信じられませんでした。ですが、この舞踏会の招待状を皆様は覚えていらっしゃるでしょうか？」

もう一枚、私が手書きで書いた直筆の招待状が、掲げられた。

「筆跡鑑定をした結果、これは紛れもない、妃殿下の直筆の手紙とのことでした。なんと低俗でいやらしい。陛下の妻という身でありながら、酒場で男と逢瀬《おうせ》までしていたとは、我が国の恥です。発言は以上になります」

事実無根であると叫びたくても、私はグッとこらえた。

バルジャン公爵に、裁判の間は感情を抑えるようにと指示を受けているのだ。

裁判の間は、「はい」「いいえ」のどちらかで答えなければならない。

相手はあの手この手で、足を引っ張ろうとしてくる。

その隙を与えてはいけないと。

「ジョジュ・ヒッテーヌ。この手紙は、本当ですか？」

カルロフ大司教が静かに尋ねてきたので、私は「いいえ」とだけ答えた。

「そりゃ、否定もするだろう」

遠くから、誰かが鼻で笑った。

「舞踏会の準備も、自分のお気に入りの夫人ばかり集めて、他の人間はつまはじきしたって噂が流れていた。他国に来て、独裁政治に走ろうとするとは、ますます危険ですな」

「夫がいる身でありながら、しかも平民に手を出すだなんて。ふしだらでみっともない。すぐにドルマン王国へ返すべきだ」

「彼女は、祖国にも追い出されているから、帰る場所がないのだよ。まあ、あの手紙が事実であるなら、無理もないな」

「王妃にするべき人間ではない」

「陛下も黙っているではないか。きっと呆《あき》れているのだろう」

貴族たちが、ヒソヒソと私について語り合うのが聞こえた。

こういった類《たぐい》の内容を言われるだろうと覚悟はしていたものの、実際に耳にすると苦しい。

『違います！　私は決してそのような真似はしておりません！』

喉が千切れるほど、大きな声で否定しても、祖国で受け入れられることはなかった。

小さな呼吸を繰り返しながら、耳に入れたくもない自分の陰口を必死に心の中で否定する。

「ジョジュ」

小さな声で誰かが自分の名前を呼んだ気がして顔をあげると、エミリオンがじっと私の方を見ていた。

エミリオンは私と視線が合うと、音を出さずに「大丈夫だ」と口を動かした。

エミリオンと視線が合って、私は落ち着きを取り戻した。

ここは、ドルマン王国ではない。

家族も、仲間だと思っていた使用人たちもすべて私を見捨てて裏切り、私の元から去っていったが、エミリオンは違う。

私は、裁判の前にエミリオンからある作戦について、話を聞いていたのを思い出した。

今は、耐える時だ。エミリオンは、絶対に助けてくれる。

旧体制派の手の内がすべてさらけ出されるまで、彼の作戦の邪魔にならないよう、私は凛《りん》としなければならない。

背筋を伸ばし、私はエミリオンをじっと見つめた。

私が持ち直したのをエミリオンは確認した後、隣に座っているオルテル公爵に耳打ちした。

「異議があります」

エミリオンの指示を受けたオルテル公爵が、手をあげた。

「オルテル公爵。どうぞお話しください」

あくまで中立の立場であると見せたいのだろう。カルロフ大司教が、まだ何か言いたげな旧体制派の面々を制して、手をあげたオルテル公爵を指名した。

「その手紙によると、ジョジュ妃殿下は犬ぞりレースリハーサルの前日の昼に、酒場で実行犯に指示を出したということになりますな。ピャードル伯爵」

「いかにも。この手紙が何よりの証拠です。ジェルジー本人も、間違いないと証言しています」

「おかしいですな。実におかしい」

「言いたいことがあるのであれば、おっしゃっていただけますか」

オルテル公爵が首を傾《かし》げているので、ピャードル伯爵は苛立《いらだ》ったように語気を強めた。

「リハーサルの前日の昼、妃殿下はガルスニエル王子や私の娘とともに、犬ぞりレースについて説明を受けていたはずです。ゴルヴァン・カンバーチ君。間違いないな？」

「ゴルヴァン・カンバーチ。発言を」

カルロフ大司教に名指しされて、ゴルヴァンが立ち上がった。相当、緊張しているのだろう。直立不動の姿勢で立っている。

「はい。私、ゴルヴァン・カンバーチは、その時間、陛下に依頼を受け、妃殿下とガルスニエル殿下、そして、オルテル公爵令嬢であるアルム様に、犬ぞりの乗り方をお教えしておりました。その場に妃殿下がいらっしゃったのは間違いありませんし、妃殿下は訓練が終わった後、離宮へ向かい、アナスタシア様と夕刻まで会っておられます。酒場に向かうのは不可能かと存じます」

ゴルヴァンの言葉に、さらにオルテル公爵は大げさに首を傾げて見せた。

「同じ時間に、妃殿下が二人だなんて、不思議なことが起こるものですな。妃殿下につかぬことをお伺いいたしますが、妃殿下は分身の魔術でも取得なさっているのですか」

オルテル公爵の言葉に、会場でクスクスとこらえられずに笑う声が聞こえた。

私は首を横に振って、「いいえ」とだけ答える。

「魔術だなんてバカバカしい。証拠も証言もここにあるんですよ！」

　ピャードル伯爵が、大声を出して、自分の持っている手紙を掲げた。

「おかしいですな。こちらもたった今、証拠も証言も取れてしまいました。おそらくですが、ピャードル伯爵は、実行犯であるジェルジー・アルマンダの口車に乗せられていらっしゃる可能性があると私は思います。今一度、証言から洗い直す必要があるかと存じますな」

「ピャードル伯爵の証言の方が正しいと思った方、挙手を」

　カルロフ大司教の言葉に、ピャードル伯爵がいの一番に手をあげた。

　それに続いて半分程度の貴族たちが手をあげる。

「次に、オルテル公爵の証言の方が正しいと思った方、挙手を」

　残りの半数の貴族たちが手をあげるのを見て、事実かどうかではなく信憑《しんぴょう》性があるかどうかが重要なのだと改めて思った。

＊＊＊

　その後も私の判決をめぐって、攻防戦が長時間繰り広げられた。

　バルジャン公爵や、フローラも発言したが、旧体制派の面々の方が準備をしているようで、私はやや劣勢に傾いていった。

「もう採決を行ってもよろしいでしょう。あらかた意見は出尽くしたように見えますが」

カルロフ大司教が会場を見回して、まとめに入ろうとした時、一人手をあげている人物がいた。

「陛下。どうされましたか」

「意見があるのだが、発言してもかまわないな」

エミリオンが動いたので、作戦が始まったとオルテル公爵とバルジャン公爵が目配せをした。

エミリオンが動くことが、作戦開始の合図だった。

「ご家族の裁判に、身内が意見を出すことは、一般的にあまりないかと。ましてや妃殿下は私利私欲のために罪を犯したかもしれないのですから」

カルロフ大司教が、せせら笑うような口調でエミリオンに言った。

「私に、黙れと言っているのか？」

裁判中とはいえ、王の意見を無下にするわけにはいかない。カルロフ大司教は一歩後ろに下がって頭を下げた。

発言権を得たエミリオンは立ち上がり、会場を見回した。

「私の妻となったジョジュ・ヒッテーヌに関して、私は妻の無実を信じている。だが、こここにいる人間の半分は、彼女が有罪であることと、不貞行為をして私を裏切っていることを願っているようだな。こちらの資料をご覧いただきたい」

エミリオンが指示をすると、オルテル公爵とバルジャン公爵が、細かい文字の書かれた紙の束を会場にいる全員に配布し始めた。

それを受け取った面々は、資料に目を通すなり「なんと！」と声をあげていく。

静まり返っていた会場は、エミリオンの配布した資料のせいで、次第に騒がしくなっていった。

「静粛に！　静粛に！」

カルロフ大司教が怒鳴り声をあげて、ザワザワしている貴族たちに静かにするように注意する。

しかし、効果はなかった。貴族たちは資料に書かれている文字に夢中だったからだ。

「こちらの資料は、公費を使いこんでいる人物の一覧だ。財務部長のエレーナ・アヴェリンにまとめてもらった」

エミリオンの言葉を聞いて慌てたのか、カルロフ大司教が自分の側近が持っている資料をふんだくるようにして、取り上げた。

「陛下。こちらの資料は、本日の妃殿下の裁判に関係ないかと」

エミリオンは、カルロフ大司教の言葉を無視した。

そして、オルテル公爵とバルジャン公爵に次の資料を配布するように指示を出した。

「さらに、もう一つの資料を見てほしい。これは今回の事件に実行犯として関与した人間の素性をまとめたものだ。二つの資料を見比べるとわかるだろう。実行犯たちは、公費の使い込みをしている人物の屋敷《やしき》で働いていた使用人や、その親類ばかりだ。これはいったいどういうことだろうな。公費の使い込みについては裏が取れている。まず、こちらの資料に名前がある人物には、取り調べを受けてもらう。余罪がありそうだから、その分までたっぷりとな」

容赦ないエミリオンの言葉に、旧体制派の勢いが次第に失われていくのが分かった。

「そして、ピャードル伯爵」

エミリオンに名指しされて、ピャードル伯爵はおずおずと席を立ちあがった。

「先ほどの公開されていた手紙を、もう一度見せてくれないか？」

「手紙をですか？　今となっては、陛下の目に入れるべき内容では……」

「出せるのか、出せないのか、はっきり言いたまえ！」

出し渋るピャードル伯爵に、オルテル公爵が大きな声で威嚇した。

伯爵は嫌々ながらもエミリオンに手紙を提出する。

エミリオンは、私の出した覚えのない手紙の筆跡を見た後、小さく笑った。

「陛下、何がおかしいのです？」

カルロフ大司教が、苛立ったようにエミリオンに尋ねた。

「あなた方が、この手紙を証拠だと騒ぎ立てていたことがおかしくてな。金勘定ばかりしていないで、我が弟ガルスニエルと共に、語学の勉強をし直した方がいいのではないか？」

エミリオンは手紙を掲げ、会場を見回し、言葉を続けた。

「ドルマン王国が使用しているドルチェニア語と、我々が使用しているロニガル語。使用している文字が似ていることくらいは知っているだろう。ジョジュ・ヒッテーヌという文字に着目してほしい」

バルジャン公爵が、大きな紙に二つの署名を書き写していく。

怪訝《けげん》な表情でエミリオンの話を聞いていた人々であったが、幾人かは次第に目を丸くした。

二つの署名には明らかな違いがある。文字が一つ異なっているのだ。ドルチェニア語とロニガル語の両方を知る私も、すぐにその理由がわかった。

ドルマン王国の言語であるドルチェニア語とロニーノ王国の言語であるロニガル語を書き表すのには、同じリッテラ文字が使われる。人名や地名はどちらの言語であっても同じように表記されることが多いが、一部の音は綴《つづ》りが分かれる。

二つの署名の違いはまさにそれだった。

私自身の署名はドルチェニア語の綴りになっている。王妃として戴冠式を迎えるまでは、ロニガル語で王家の名を書くことを許されていないからだ。

いっぽうで、ピャードル伯爵が持ち込んだ手紙の署名は、ロニガル語の綴りになっていた。ドルチェニア語の話者がこれを読み上げるなら、「ジョジュ・ヒルテーヌ」と発音するだろう。

会場の貴族たちもそのことに気がついたようで、場が騒然となる。

「筆跡鑑定をした人間もここへ連れて来るんだな。我が城に無能は必要ない」

エミリオンの言葉に、ピャードル伯爵は、口を開いたまま答えることができなかった。

筆跡鑑定をしたというのは、どうやら嘘《うそ》らしい。

「王族を、私の妻を殺そうとし、それに失敗した挙句に今度は妻の自作自演だと？　関わった者は、家族ごと根絶やしにされる覚悟があるのだろうな」

会場の中にエミリオンの低い言葉が響き渡った。

誰も反論する人物がいない中「わ、私はやっていない！」と自分の罪を否定する者が出てきた。

旧体制派の面々は、互いに罪を擦《なす》り付け合いながら、自分だけは助かろうと必死である。

「カ、カルロフ大司教様がおっしゃったのではありませんか。ジョジュ妃殿下が邪魔なのだと」

何を言っても言い逃れができないと思った貴族の一人が、カルロフ大司教へと矛先を向けた。

「私が？　ばかばかしい。私は、今このような事態になって、心底驚いていますよ」

あくまでカルロフ大司教は、しらを切るつもりらしい。

しかし、ずっと味方につけてきた面々を切り捨てるといった悪手を打ってしまったカルロフ大司教に対して、貴族たちの暴露は止まらなかった。

「ふざけるな！　あなただけが逃げ切るおつもりか！」

「そうだ！　マルゴナ・サドルノフが新体制派に力を貸しつつあるから、今となってはヴィオラ嬢が王妃になるのも考えものだとおっしゃったではないですか！　犬ぞりレースで二人まとめて襲撃するよう命じたのはあなただ！」

「あなたの活動を支援するために、私たちが、必要経費を公費から捻出したのだ！　責任を取っていただきたい」

「ばか者！　なぜ私が、お前たちの尻ぬぐいをしなければならんのだ。すべては、お前たちの招いたことではないか。私は関係ない」

今にも殴りかかってきそうな貴族たちに、カルロフ大司教は怒鳴り散らしている。

「もう採決を行ってもよろしいでしょう。あらかた意見は出尽くしたように見えます」

今度はエミリオンが、カルロフ大司教に尋ねる番だった。

会場は、今や大混乱だった。

「サピエロおじ様……いや、カルロフ大司教。あなたが、私の大切な娘を狙えと指示を出したのですか？」

ヨシフ・サドルノフが、自分の杖《つえ》をぎゅっと握りしめて、カルロフ大司教に尋ねた。

「ヨシフ、あのばかどもの悪あがきに耳を貸す必要はない。今まで一緒にやってきたではないか。私を信じてくれるだろう。お前に尽くしてきた私が、お前の母といとこの私が、お前の娘を殺そうと画策するわけがなかろう」

懇願に近い様子でカルロフ大司教が、ヨシフ・サドルノフ公爵にすり寄った時だった。

扉が開いて、デニス・ジートキフとマルゴナ・サドルノフが「この裁判において最も重要な人物を連れてまいりました」と一人の人物を連れてきたのである。

みなの視線が集まった先に立っていたのは、この事件の被害者とされるヴィオラ・サドルノフ本人だった。

＊＊＊

「ヴィオラ……！」

ヨシフ・サドルノフ公爵が、席から立ちあがり自分の娘に駆け寄った。

「もう、大丈夫なのか」

「お父様、一人で歩けませんのよ。大丈夫ではありませんわ。ですが、とんでもない事態になっていると伺いまして、私の証言が必要なのでしたらいくらでもお話しするつもりでやってまいりました」

ヴィオラは、デニスの手を借りながら、ゆっくりと私の方へ歩いてくる。

「サドルノフ公爵令嬢。あなたは、私の妻に殺されそうになったのか？」

ヴィオラが私の隣に立った時、エミリオンは元婚約者にそう尋ねた。

私は、ヴィオラが何を言うのか恐ろしかった。

もし、彼女が嘘の証言をしてしまったら。祖国の弟妹のように、私を陥れようとしていたら。

ヴィオラと視線が合ったが、彼女は私をじっと見つめた後ゆっくりと口を開いた。

「陛下。私は、妃殿下に殺されそうになったことなどありませんわ。私を陥れようとしたのであれば、あの吹雪の中、熱にうかされている私を抱きしめはしなかったでしょう」

はっきりとヴィオラが言い放った証言によって、裁判を継続する必要がなくなった。

「サドルノフ公爵令嬢は、妃殿下に恐喝されているのだ！」

突然、カルロフ大司教が大きな声をあげた。

「それは、人生を重ねてきた大人としてみっともない解釈ですわね。恐喝すれば、私が言いなりになるような女に見えまして？　私は、自分の意思で発言していますわ。それに、たとえ大司教様であろうとも、私を殺そうとした人物に、発言を曲解されるのは不快です」

「女ごときが、私に口ごたえとは生意気な！　私を誰だと思っている」

カルロフ大司教は、本音を隠す気もなくなったらしい。きっぱりと言い放つヴィオラへ、暴言を吐き続けた。

すると、サドルノフ公爵が、自分の娘の前に立ち、今まで自分の味方だと信じていた男を睨《にら》みつけた。

「私の娘に、暴言を吐くことは許さない」

それは、ヨシフ・サドルノフ公爵が、旧体制派を離脱する宣言でもあった。

長らく旧体制派の中心にいた彼の決断は、多くの貴族の心を動かしたようである。

「私の妻が無罪であると判断する者は手をあげよ」

この機会を逃すまいと、エミリオンが会場に問いかけると、ほとんどの手が上がった。

「公費の使い込みが疑われる人物とともに、大司教、いやサピエロ・カルロフについても、今後取り調べを受けてもらうことにしよう。王妃およびサドルノフ公爵令嬢の殺人未遂の疑いでな」

畳みかけるようなエミリオンの宣言に、また、会場にいる貴族たちの手が次々と上へと伸びていく。

「これにて、私の妻は無罪放免とする。衛兵。そこで逃げ出そうとしている者たちを連れて行け」

エミリオンの言葉に、部屋の外に待機していた大量の兵士たちが、カルロフ大司教を筆頭に逃げようとしている旧体制派の貴族たちを捕まえ、連れ出していった。

嫌疑のかかっている人物たちがすべて外へ連れ出された。

私は、ホッとしてエミリオンの方をじっと見つめた。

守ってくれてありがとうという気持ちを込めて。

エミリオンは私の視線に気が付くと、静かに頷《うなず》いた。

「妃殿下。少し、お時間をいただけますでしょうか」

声をかけられて振り返ると、そこにはヴィオラの父であるヨシフ・サドルノフ公爵が立っていた。

「え、ええ」

裁判が終わったのにもかかわらず、私はまだ言葉を上手《うま》く紡ぐことができなかった。

「ご挨拶が遅くなりまして、大変申し訳ありません。ヨシフ・サドルノフと申します。この度は、我が娘の命を救ってくださった御礼《おれい》が遅くなったばかりか、数々の無礼をお許しいただけましたらと存じます」

「そんな……。私の方こそ、サドルノフ公爵令嬢が、吹雪の中を歩くなと注意してくれなかったら、あの日一緒にいてくれなかったら、命はありませんでした。彼女の命が無事で、回復の方向へ向かっていること、心からよかったと思っております」

私の言葉を聞くと、サドルノフ公爵は、持っていた杖を床へ置いて、片膝をつき、頭を下げた。

「私ヨシフ・サドルノフは、この命が尽きるまで、王妃ジョジュ・ヒッテーヌ様へ忠誠を誓うとここにお約束いたします」

父に続いてヴィオラや、マルゴナも頭を下げた。

サドルノフ家に続いて、会場に残っていたすべての貴族たちが同じように頭を下げていくのが見えた。

どうしたらいいのか分からなくなって戸惑いながらエミリオンの方へと視線を投げる。

エミリオンは、楽しそうに笑っていた。

「ジョジュ様、何かおっしゃってください。そうしないと私たちはここから一生動けませんわ」

頭を下げた状態のまま、ヴィオラが呆《あき》れたように呟《つぶや》いたので、私は慌てて自分の気持ちを伝えることにした。

「感謝いたします。ロニーノ王国が、より豊かによい国になりますよう、皆様に助けていただいた人生の残りをかけて、尽力していく所存です。いたらないところもありますでしょう。引き続き、皆々様のお力をお貸しいただけましたらと思います」

パラパラと拍手が鳴り響き、次第にその拍手は大きなうねりとなった。

この日を私は忘れない。忘れてはならない。

まだ首の皮が一枚繋《つな》がった状態なのだ。

私はこれからロニーノ王国の王妃にふさわしい人間としてまだまだ学び、常に考えていかなければならない。

油断すれば足をすくおうとする人間も出てくるだろう。

何よりこの場にいる人たちに、そして国民に胸を張れる人物でい続けなければならない。

そう心の中に刻み込んだ。

# 第十一章　戴冠式

　事件を起こした人物たちの処分は、速やかに行われた。

　エレーナが調べた公費の使い込みの件で、多くの貴族がニックス城から解雇された。

金額によっては、称号を剝奪された者もいるらしい。

首謀者であるサピエロ・カルロフは、カルロフ家から除名を受け、今はニックス城の地下牢《ろう》に閉じ込められている。

余罪があったらしく、すべての事件の調査が終わったのち、処分が言い渡されるらしい。

罪の多さや大きさから考えて、彼はもう二度とロニーノ王国の雪の上を歩くことはないだろう。

　エミリオンから事件の顚末《てんまつ》について報告を聞いてから、一週間が経《た》った。

「改めまして、ジョジュ妃殿下の女官としてお仕えさせていただきます。ヴィオラ・サドルノフと申します」

　ヴィオラが私の部屋で、丁寧に頭を下げた。

「ヴィオラさんがいらしてくださるのは、心強いわ」とマリアンヌが微笑《ほほえ》みを浮かべて、拍手を送る。

ところが、アルムは私に向かって首を横に振った。

どうやら、マリアンヌは、女官にヴィオラが選ばれたのを納得していないらしかった。

それもそのはずだ。ヴィオラの悪行の数々について、最も怒ってくれていたのは、マリアンヌなのだから。

「マリアンヌ、受け入れてくれてありがとう」

私が彼女に声をかけると、マリアンヌはとんでもないと不満を微塵《みじん》も見せずに微笑んだ。

裁判が終わった後、私は直接ヴィオラの屋敷《やしき》に赴いて、彼女を口説いた。

今の私は、王妃として力不足といわざるをえない。

先日のような舞踏会の主催以外にも、王妃として取り仕切るべき仕事はたくさんある。

そして、それらを通して国内の貴族たちを掌握し、ときには国外の重要人物とも渡り合い、王を支えなければならないのだ。

そんな私に今最も必要なのは、優秀で、信頼のおける女官だった。

「私があなたの女官になるって……寝言は寝ておっしゃってくださる？」

私の提案を聞いた時、ヴィオラは眉をひそめて「無理よ」と言い放った。

「ええ。でも、あなた以外いないの」

「私があなたを助けたのは、借りを返すためよ。情けない自分の行いの数々を悔い改めるため。そして、裁判の場では、お父様があなたに頭を下げたから、家長に続いただけ。それ以上でも以下でもないわ」

私はヴィオラを説き伏せるため、何度も彼女の屋敷へ通った。

取りつくシマもないとは、まさにあの日々のことだった。

サドルノフ公爵家は、私を歓迎してくれているのだが、ヴィオラだけは私が屋敷にやって来るとあからさまに嫌な顔をした。私がエミリオンを伴って往訪するのも、彼女をいら立たせている理由の一つのようだった。

「わざわざ陛下まで連れてきて、国王命令だなんておっしゃいませんわよね」

「私は、彼女の付き添いだ。いないと思ってくれ」

「そんなの無理に決まっていますわ！」

訪問を続けてもヴィオラは頑《かたく》なだった。

ニックス城へ気まぐれにやってきたデニスが、私に告げる。

「本当は、あなたに散々無礼を働いたのにもかかわらず、命を助けてもらっているから、顔向けができないと思っているんだよ。あまり押しすぎても、意固地になるだけだ。押してダメなら、引いてごらん。向こうから、のこのことやってくるさ。ものすごい勢いでね」

楽しそうにケラケラと笑うデニスは、私が女官にヴィオラを選んだことを心底面白がっているようだった。

デニスの助言通りに、私はその日から彼女の元へ通うのをやめた。そして、二、三日ほど経った時、怒り狂った彼女が城へやってきて、女官になると承諾したのだった。

「別に、数々の無礼を許していただいたからとか、命を助けていただいたことに感謝しているとか、ここで断ったら一生後悔するなんて思っておりませんわ。あなたがどうしてもとおっしゃるから。だから、借りを作らせて差し上げようと思っただけです。決して勘違いしていただきたくないわ」

顔を真っ赤にして必死に言い訳するヴィオラを見て、私はどうしてデニスが彼女を好きなのか少しわかった気がした。

「ありがとう。サドルノフ公爵令嬢」

彼女の手を取って私はお礼を述べた。彼女の白く透き通った美しい手は、あたたかく心地よい。

「……ヴィオラよ」

「わかったわ。ヴィオラ」

「言っておきますけど、私はあなたをまだ認めたわけではありませんからね。陛下は甘やかしていらっしゃるとの噂《うわさ》ですが、ちゃんとした王妃になる気がないのであれば、いつでもその座から引きずり下ろして差し上げますから」

「ええ、頼もしいわね」

顔を見合わせて笑い合う。

ロニーノ王国での私の王妃としての生活が、ようやく本格的に動き始めたのだった。

＊＊＊

ヴィオラが入ってから、私の周りは急に活気付いた。

私と、ヴィオラ、マリアンヌ、アルムに時々ガルスニエルが滞在する私の部屋で、圧倒的に侍女が足りないと、ヴィオラが言い始めたのだ。それにはヴィオラがあまり好きではないマリアンヌも同意見だったようで、彼女たちが信用できる侍女をそれぞれ一人ずつ連れて来ることになった。

侍女になる者は、エミリオンやバルジャン公爵によって、慎重に審査された。

新たに侍女が二人加わったので、フローラは「ありがたいです」と喜んでいた。私一人ならまだしも、この人数を捌《さば》くのは、さすがのフローラも大変だったようだ。

また、ヴィオラはフローラに対して、先日の非礼を私の前で詫《わ》びた。私から声をかけたのではなく、ヴィオラからフローラに謝罪をしたいと申し出てきたのだ。

「あの時は、精神的に追い詰められていたとはいえ、淑女として、人としてあるまじき言動でした。申し訳ありません」

フローラは、ヴィオラの謝罪を受け入れた。

「ヴィオラ様の、これからに期待させていただきます。共にジョジュ様を支えてまいりましょう」

ヴィオラとフローラが和解して、私は喉の奥につかえていたものが一つとれた気がした。

立て続けに起こっていた騒ぎも少しだけ落ち着きを見せ始め、城内の関心は次第に私が王妃として即位するための戴冠式へと動き始めていた。

戴冠式のドレスを選ぶ前日のことであった。

「なんですの……この修道女のような質素なスケジュールは！　財務部で数字の羅列を確認して、午後は子守？　ありえませんわ」

私の日々の生活を共に過ごしたヴィオラが、大きな声を上げた。

「公務があるときは、陛下と一緒に外へ出ているわ」

「新しいドレスとかは？　宝石は？　贅沢《ぜいたく》は？　さすがに、陛下からいただいた婚約指輪とアナスタシア様方からいただいたエメラルドの髪飾りだけとは言わないですわよね？」

「た……たぶん」

ヴィオラに言われて、舞踏会が開催されて以来ドレスを買っていないのを思い出した。

大変な時期が続いていたせいで、自分の身なりまで気にする時間がなかったのだ。

「たぶんって何ですの？　その曖昧な返事。返事は、はいか、いいえのどちらかでお答えいただきたいわ」

「あ、明日戴冠式のドレスを選定するとフローラが言っていたわ。きっとその時、宝飾品の類《たぐい》も多少は持ってきてくれるのではなくて？」

「王妃たるもの、国民のためを思って倹約するべきかもしれませんが、あなたの場合はあまりにひどいわ。一体何を考えていらっしゃるの？」

「何をって、ロニーノ王国の繁栄と……」

「そうやって誤魔化すのは、おやめなさい。女たるもの、美しさは絶対的な権力の象徴。だから、いろんな方に舐《な》められた態度を取られるのですわよ。化粧も薄いですし、あなたこの先いろんな方と戦っていく気持ちはありまして？　こうしてはいられませんわ。すぐに陛下に許可を頂かないと。戴冠式くらいは威厳のある王妃の風格をかたちだけでも作っていかなくては」

なぜか、私よりもヴィオラの方が戴冠式に向かって燃えている。

「でも陛下は贅沢を許してくださるかしら？」

「私を口説き落とす時に、あなたにピッタリ同行してらしたくらいに愛されているから、ご安心あそばせ。腹立たしいけれど、陛下のあのような表情は、今まで見たことがないわ」

幼い頃から彼を知っているヴィオラの言葉には説得力があったので、私は彼女を信じることにした。

ヴィオラの言うとおり、エミリオンは「かまわない」と言って了承してくれた。

そうして、戴冠式のドレスだけでなく、いくつか普段用のドレスや宝石を手に入れることになったのである。

意外だったのは、私に対する身なりについて問題だと思っていたのは、ヴィオラだけではないようだった。

「ジョジュ様にそういったアドバイスをしづらくて、ありがたいですわ」とフローラ。

「確かに、もう少し華やかでもよいかもしれませんわね」とマリアンヌ。

アルムに至っては「化粧やドレスは、女の武器です」と答え、ヴィオラに褒められていた。

私以外の女たちが一致団結して、私に似合うドレスを選んでいくところまでは、微笑ましくてよかった。

しかし、意外なところに問題の種は転がっていたらしい。

服装の好みという点において、ヴィオラとマリアンヌの意見が真っ二つに割れた。

「真っ赤なビロードの生地のドレスですわ！　一国の王妃たるもの、風格を見せつけるべきです」

「いいえ、ヴィオラさん。ジョジュ様の御髪は、美しい黄金ですのよ。淡い水色のオーガンジードレスの方が絶対お似合いですわ。雪国の王妃として、絶対にこの色を推奨いたします！」

ヴィオラとマリアンヌの対決をよそに、アルムが着々と私に似合いそうなドレスを選んでいく。

「ジョジュ様、このドレスかわいいです」

アルムの選んだドレスは、私に似合うだけでなく、戴冠式の雰囲気にも合うものばかりだった。

フローラが「ガルスニエル様と一緒にジョジュ様のお部屋に侵入されていらっしゃった時からずいぶん成長されましたねぇ。やはり女の子の方が精神的な成長がお早いんでしょうか」と感心するのだった。

＊＊＊

当日に白い毛皮のついた真っ赤な長いマントを被《かぶ》ることから、結局、戴冠式のドレスは、アルムが選んだものが最もマントと相性がいいと決着がついた。

雪が描かれ黄金色の刺繍《ししゅう》がのった乳白色のドレスは、私の髪の毛や瞳の色によく映えた。

アナスタシアたちからもらったエメラルドの髪飾りにもよく合いそうな、エメラルドとパールのネックレスも一緒に購入し、ドレスと合わせて戴冠式につけていくつもりだ。

ヴィオラとマリアンヌが選んでくれたドレスは、舞踏会や外交をする時のパーティーなどで着る約束をすると、二人はしぶしぶではあるものの、納得はしたようだった。

王冠はエミリオンの祖母である先々代の王妃から受け取る予定だ。先々代の王妃とは、ロニーノ王国に来てから、一度も顔を合わせる機会がなかった。

どうやらエミリオンの両親、つまりは彼女の息子夫婦である前国王と王妃が事故にあってから、公の場所に出てくるのは初めてのことらしい。

現役時代は、アナスタシアたちを中心とする宮廷の女性をまとめ上げ、絶対的な権力を持ちながら、夫である故ミハイル王を支え続けたと言われる方だそうだ。

偉大な元王妃から王冠を授かるというのだから、心のどこかで私が受け取っても良いのだろうかと思ってしまう。

＊＊＊

戴冠式が行われる夜明け前。本当はダメだとわかっていたが、私はタペストリーの裏から部屋を抜け出し、イリーナがいるかもしれない温室へと向かった。

地下の温室に行くと、イリーナは小さな暖炉のそばで本を読んでいた。久しぶりに会えたのが嬉《うれ》しくて、私は小走りで彼女の元へ駆け寄っていく。

「あら、久しぶりね。元気にしていましたか？」

「今日、大仕事があるので不安になってしまって……」

「そうですか。では、少しこちらにお掛けなさい」

小さな椅子を差し出され、私はイリーナの隣に座った。

「あの……先日は、アナスタシア様たちをご紹介いただきまして、ありがとうございました」

「なんのことかしら？」

本のページをめくりながら、イリーナはとぼけた表情を浮かべた。

『昔からこの場所では、身分をひけらかすのを禁止にしているの。ありのままの自分になるのも、たまには必要ですからね』と言われたのを思い出す。

「そういえば、その後の話を聞いていなかったわね。あなたに起きたこと、教えてちょうだい」

イリーナが話題を変えたので、私は今までに起きた出来事を伝えた。

「そろそろ戻った方がいいのではありませんか？　今日は特に、あなたがいなくなるだけで、城は大騒ぎになります」

散々話をし終えた時、イリーナが私を促した。私は彼女の注意を素直に聞いて、席から立ちあがる。

「あの、イリーナ」

「どうしましたか？」

「あなたについて、いつか教えてくださいますか？」

「いつか、ではなく、そう遠くないうちにお話しできると思いますよ」

私の質問を聞いて、イリーナは楽しそうな表情を浮かべるのだった。

＊＊＊

戴冠式には、この大陸の中に存在する七つの国の要人がやってくる。

ドルマン王国の来賓の中には、弟のアルジャンの名前もあった。私を祝うためではなく、単に外交の一環なのだろう。次のドルマン王国国王になる人物として、各国に自身の存在を知らせるためにやってくるだけだ。

招待状の返信には、私の家族からの手紙などは一切同封されていなかった。淡々とした文字で、アルジャンが出席する旨だけ記載があった。

できるだけ、顔を合わせたくないが、来賓一人一人から祝福の言葉を直接もらう場面がある。避けるのは難しいだろう。

『国民の目は騙《だま》せない。愚かな政治を行った王は、必ず報いを受ける。あなたの手から奪い取った王座を上手《うま》く操れるか、お手並み拝見と思っているといい』

と言ってくれたエミリオンの言葉が、どうにか平常心を持って彼らと顔を合わせることができる勇気に繋《つな》がっている。

「こんな田舎の小国に、来ないといけないとはな」

戴冠式の直前、どうにも落ち着かず廊下を行き来していると、いきなり背後から不躾《ぶしつけ》な言葉を投げかけられた。

振り返ると、そこにいたのはアルジャンだった。その姿は少しやつれている。

あまり国でうまくやれていないのだろうかと余計なお節介心が芽生えたが、私は黙って彼に「この度は、お越しくださりありがとうございます」と言葉を返した。

「お前が中途半端に投げ出した仕事がいくつもあった。そのせいで、俺がどんな目にあっているのか分かっているのか？」

アルジャンたちから陥れられ、長い時間隔離された末に国を追いやられた私へ、仕事の引継ぎまでやっていけとは、ずいぶんと理不尽である。

「それは失礼しました。でもあなたなら、きっと私以上にすばらしい仕事をされるでしょう。ドルマン王国の益々《ますます》のご発展をお祈り申し上げます」

私は毅然《きぜん》とした態度で、あしらった。義母殺しの罪を画策しなければ、アルジャンが苦しんでいる仕事は、私が背負うはずだったのだ。権力だけ欲して、面倒な業務はやりたくないなど、一国の王としてあるまじき態度である。

しかし、アルジャンは私の態度が気に食わなかったようだ。

「格下のロニーノ王国なんかの王妃になったくらいで調子に乗るなよ。お前は、ドルマンの争いで敗れた負け犬なのだからな」

アルジャンは、あくまで自分が勝者であり、私は国から追い出された敗者であるということを認識させたいようだった。

周りの人間に聞こえるように、高笑いしているアルジャンは、自分の価値を落としている事実に気が付いていないのだろうか。

長年ドルマン王国と緊張状態であるイタカリーナ王国のダットーリオ王が、遠くから軽蔑の眼差《まなざ》しを送っていることに気が付いていない。アルジャンが即位し支配していく予定のドルマン王国が、他国に領地を狙われるのも時間の問題だろう。

「私をどう思おうと構いません。でも、あなたは私の大事な祖国を今後背負《しょ》って立つ方です。今日ここにいるのも外交のためでしょう。あなたが今すべき行動は、私に侮蔑的な言葉を投げかけることなのでしょうか。どうか賢明にお考えいただきたいわ」

努めて冷静に私はアルジャンに、言葉を添えた。

今にも飛び掛かってきそうな勢いのアルジャンを見かねたらしい。会場の中からエミリオンが駆け寄ってきて「ジョジュ」と私を抱き寄せた。

「アルジャン・ヒッテーヌ殿。この度は、ドルマン王国から、遠路はるばる私の妻のために、お越しいただきまして、心より御礼申し上げます」

全く感謝する気もなさそうな冷たい視線を投げかけて、エミリオンはアルジャンから私を遠ざけた。

エミリオンの背後には、雪国で鍛えられた屈強の身体《からだ》を持った兵士たちがずらりと並んでおり、アルジャンを睨《にら》みつけている。

さすがのアルジャンも、他国の要人たちが目を光らせている公の場で、エミリオンに正々堂々と喧嘩《けんか》を売るのはまずいとようやく気が付いたのだろう。

「ふん。たぶらかして、いうことを聞かせているという訳か」と捨て台詞《ぜりふ》を吐いて、アルジャンは、その場から離れていく。

その時だった。

様子を見守っていたらしいガルスニエルが、アルジャンの足を引っかけて転ばせていた。

「このっ……ガキ！」

床におもいきり鼻を打ったらしく、アルジャンの両鼻から大量の鼻血が流れている。

「お客様、危ないではありませんか。医務室はあちらですよ」

兄の真似《まね》だろうか。冷たい表情を浮かべた後、ガルスニエルはフランと共に会場の中へ駆け抜けていった。

「覚えていろよ！　こんな弱小国、俺の力でいつでも滅ぼしてやれるんだからな！」

怒り狂うアルジャンに、他国の要人たちが「まあまあ、子供のしたことではありませんか」と嘲笑した。

「今のが、あなたがお手並み拝見と思わなくてはいけない原因を作った人間か？　我が国が、あなたという貴重な人間を追い出した国を呑《の》み込むまで、時間の問題かもしれないな」

エミリオンが私にだけ聞こえるように悪戯《いたずら》っぽく囁《ささや》いたので、私の気持ちは幾分か明るくなるのだった。

＊＊＊

戴冠式は、ニックス城の中の大広間にて行われた。

ロニーノ王国の創生を祝った曲を歌う人々の声が、会場全体に響き渡っている。

会場に入る時、私はアルムに選んでもらったドレスの上に、白い毛皮のついている真っ赤なマントを羽織った。

頭の上に王冠が乗るために、髪の毛を一つにまとめている。髪の毛が落ちてこないように、アナスタシアたちから贈られた髪飾りで留めていた。

ガルスニエルやアルムに何度も練習に付き合ってもらった金縁の深紅のビロード絨毯《じゅうたん》の上を歩く。

参列する人々の視線を感じながら王冠を持っている先々代の王妃とエミリオンが立っている場所へと向かった。

真っ直《す》ぐ前を向いて歩いていると、エミリオンと視線が合った。

彼が静かに頷《うなず》いたので、私は小さく深呼吸をして、先々代の王妃の前で深く跪《ひざまず》いた。

「主、サイアよ。君主を支える王族が、また一人誕生することを、ご祝福ください。王冠をジョジュ・ヒッテーヌに授けます」

カルロフの後任となる司教が祝辞を読み上げ、私の頭に王冠を乗せよと先々代の王妃へ指示を出した。

今この瞬間から、私はロニーノ王国王妃ジョジュ・ヒッテーヌ・レックスと名乗ることとなる。

跪いて、頭で受け取る王冠はずっしりと重かった。王の王冠と王妃の王冠はサイズが違うようで、王妃用の王冠の方が小さいと聞いていたが、それでも国を背負って生きていく重みを感じずにはいられなかった。

「この国の繁栄をお約束下さい。ジョジュ・ヒッテーヌ・レックス」

声を聞いて、私は目を見開いた。今朝聞いた声だったからだ。

「ここに、イリナティス妃よりジョジュ・ヒッテーヌ・レックス様に王冠が授けられました。新しい王妃の誕生に盛大な拍手をお願い申し上げます」

司教の言葉に、会場からは盛大な拍手が送られた。

拍手が鳴り止《や》むまでずいぶんと長く感じたが、ようやく会場が落ち着いて司教から「ジョジュ王妃。顔をお上げ下さい」と言われて私は、彼女の方をじっと見つめた。

そこに立っていたのは、紛れもなく、イリーナだった。

イリーナが元王妃であった事実は、少し考えればわかるはずだった。

アナスタシアたちをニックス城へ送り込ませ、エミリオンをよく知っている人物なんて限られている。温室が私の部屋から繋がっていたのも、元々彼女があの部屋の使用者だったからだ。

「ずいぶんと驚いていらっしゃるようですね」

イリーナこと、イリナティスは、悪戯っぽい笑みを浮かべて私に囁いた。

「イリーナの正体に、心底驚いているだけです」

「ふふ。さあ、前を向いて。あなたが今注力すべきなのは、私の正体に驚く様子を見せるのではなく、ロニーノ王国の王妃として、この国に古くから伝わる王冠を乗せた姿を、参列者に見せることですよ」

指摘を受けて私は鳴り止まない拍手の中、なんとか戴冠式を乗り切るのだった。

＊＊＊

戴冠式が無事に終わった後、結婚式と同じように国民の前に顔を出すことになっている。バルコニーの上から国民たちに挨拶をして、戴冠パレードをするために、私とエミリオンは馬車が待っている城の玄関口へと向かった。

雲一つない青空から雪が降り注いでいた。山越えの風に乗って雪片が飛んできているらしい。

太陽の光に反射した雪の結晶がキラキラと舞い散る中、葦毛《あしげ》の馬が引く馬車へエミリオンに手を引かれて乗り込む。外門の周囲では、今日という日を祝おうと、大勢の国民が馬車の登場を今か今かと待ち構えていた。

「国王陛下、万歳！」

「新王妃、ジョジュ様万歳！」

「ロニーノ王国、万歳！」

私たちの姿を見つけると、国民の声が一段と大きくなった。

新聞によると、プルペの街の道路工事を進めていることが、私の評判を上げてくれているらしかった。今後、他にもロニーノ王国の発展のために、エミリオンと思案している計画がいくつもある。

馬車の中から見える国民の表情は、初めに見た時よりも明るく見えた。

「ジョジュ。あなたにまだ聞いていないことがあった」

私が窓の外を眺めながら物思いにふけっていると、突然エミリオンが思いつめたような声を出した。

私は何か重要な件を忘れているのだろうかと不安になって「私、何かお伝えし忘れておりますか？」と尋ねた。

「舞踏会で私はあなたに愛を伝えたが、あなたから返事をもらっていない」

ガタガタと揺れる馬車の中で、エミリオンの真剣な告白に私は微笑《ほほえ》んだ。

「返事の内容は、ずいぶんと前から決まっていますわ」

私は、エミリオンの大きな手を取る。彼は、私の手をそっと握り返してきた。

「陛下。いえ、エミリオン。私はあなたを一国の王として敬愛し、一人の男性としてお慕いし愛しています」

私の返事を聞くと、エミリオンは安心した様子で「よかった。万が一断られたらどうしようと悩んでいたのだ」と私の唇に深い口付けを落とすのだった。

# あとがき

はじめまして。坂合《さかあい》奏《かな》と申します。このたびは、私のデビュー作となる書籍『国外追放された王女は、敵国の氷の王に溺愛される』を手に取っていただきましてありがとうございます。

本書を書くきっかけとなったのは、異国の地の誰かがあげてくださったSNSの動画でした。バイオリンの奏でる音楽に混じって聞こえる機関車の汽笛、車窓の向こう側に流れゆく雪国の景色は、なぜか私の心をつかんではなしませんでした。たった数秒の動画を、真夜中に繰り返し観《み》たのがまるで昨日のことのように感じます。

主人公のジョジュ・ヒッテーヌは、ドルマン王国という大国の第一王女ですが国から追い出されてしまいます。家族から裏切られ、周りから人がいなくなったジョジュの行く先は、決して彼女を求めていない敵国の地でした。泥にまみれた汚名を着せられ、それでも懸命に自分の運命と向き合おうとしているジョジュ。

幼少時代から恋焦がれた作家という職業に失恋し続けあきらめかけていた私に、彼女はあがく強さを教えてくれただけでなく、新たな道まで切り開いてくれました。

物たち。

また、ヒーローのエミリオンを筆頭に、ジョジュを取り囲む一筋縄ではいかない登場人
エミリオンは、今まで物語を書いてきた中で特に何を考えているのか教えてくれないキャラクターでした。彼の心情を探るために、何枚も用紙に文字を書きめぐらし、何度原稿を書き直したかしれません。

心を開くのに時間がかかる人で、冷たいように見えるけれど、意外に情に厚い男エミリオン。きっとこの先も、ロニーノ王国を引っ張るリーダーとして、ジョジュやガルスニエルだけでなく、国民を愛し、愛されて生きていくのだと思います。

逆に書きやすかったのは、アナスタシア、ヴィオラ、そしてガルスニエルでした。

本書を手に取っていただいた皆様に、ジョジュたちの物語を少しでも楽しんでいただけたのだとしたら、作者としてこれほど嬉《うれ》しいことはありません。

最後に、本作を出版まで導いてくださった担当様。いたらないところばかりであったと思います。貴重なお時間を割いていただき、右も左も分かっていない未熟な私にたくさんご教示くださいまして、言葉では言い表《あら》わせられないほど感謝しております。担当様と一緒に物語についてのやり取りをするのが、何よりも幸せで楽しい時間でした。

表紙を描いてくださったイラストレーターのさくらもち様。はじめてジョジュたちの絵

を目にした時、あまりにも華やかで美しく、感極まって泣いてしまいました。直接御礼《おれい》を言えておりませんので、この場を借りて感謝の気持ちを述べさせていただきます。

その他にも、素敵な装丁にしてくださったデザイナーの長崎《ながさき》様。文章に不備がないか丁寧にご確認くださった校正様。本書に携わってくださった関係者の皆々様。

やりたいことがあるならと支え続けてくれた家族。一冊出るまではあきらめるなと鼓舞してくれ、応援しているよ、と声をかけてくれた友人たち。

そして何よりも、ウェブ版の作品を読んでくださった読者の皆様がいたからこそ、カクヨムのコンテスト中に規定文字数まで書き進めることができました。

本書を世の中へ出すにあたって、ご縁のありましたすべての方に、心より感謝し御礼申し上げます。

令和五年　十一月二十五日　旅先の軽井沢《かるいざわ》にて　坂合　奏

お便りはこちらまで
〒一〇二―八一七七
富士見L文庫編集部　気付
坂合 奏（様）宛
さくらもち（様）宛

本書は、２０２２年から２０２３年にカクヨムで実施された「第８回カクヨムWeb小説コンテスト」で特別賞（恋愛《ラブロマンス》部門）を受賞した、「国外追放された王女は、敵国の氷の王に溺愛される」を加筆修正したものです。

富士見L文庫

国外追放《こくがいついほう》された王女《おうじょ》は、敵国《てきこく》の氷《こおり》の王《おう》に溺愛《できあい》される

坂合《さかあい》 奏《かな》

2024年2月15日　初版発行

発行者　　山下直久
発　行　　株式会社 KADOKAWA
〒102-8177　東京都千代田区富士見2-13-3
電話　0570-002-301（ナビダイヤル）

印刷所　　株式会社暁印刷
製本所　　本間製本株式会社
装丁者　　西村弘美

定価はカバーに表示してあります。



●お問い合わせ
https://www.kadokawa.co.jp/（「お問い合わせ」へお進みください）
※内容によっては、お答えできない場合があります。
※サポートは日本国内のみとさせていただきます。
※Japanese text only

ISBN 978-4-04-075260-0 C0193